MICHAEL UND ELISABETH WITTERN

WIR KOMMEN IN DEN HIMMEL … DENN IN DER HÖLLE WAREN WIR SCHON

WAS SIE NIE ÜBER PFLEGE WISSEN WOLLTEN, ABER WISSEN SOLLTEN

novum pro

www.novumverlag.com

Bibliografische Information
der Deutschen Nationalbibliothek:

Die Deutsche Nationalbibliothek
verzeichnet diese Publikation in
der Deutschen Nationalbibliografie.
Detaillierte bibliografische Daten
sind im Internet über
http://www.d-nb.de abrufbar.

Alle Rechte der Verbreitung,
auch durch Film, Funk und Fernsehen,
fotomechanische Wiedergabe,
Tonträger, elektronische Datenträger
und auszugsweisen Nachdruck,
sind vorbehalten.

© 2021 novum Verlag

ISBN 978-3-99107-616-2
Lektorat: Mag. Elisabeth Pfurtscheller
Umschlagfoto:
Matriyoshka | Dreamstime.com
Umschlaggestaltung, Layout & Satz:
novum Verlag

Gedruckt in der Europäischen Union
auf umweltfreundlichem, chlor- und
säurefrei gebleichtem Papier.

www.novumverlag.com

Für Rosi und Horst.

Ohne Euch wäre dies nicht möglich gewesen.

Inhaltsverzeichnis

Vorwort 11
Ein nicht ganz ernst gemeinter Ratgeber
    für die ersten Tage im Pflegeheim 13
Ratgeber für Ärzte und Krankenhäuser 15
Ein Gruß an die Pflegefachkräfte 18
Die Pflegedienstleitung – PDL 20
Die Auszunutzenden 22
Der Verpackungswahnsinn 24
Gedanken über den Chef 25
Der Turbo 27
Ein Gruß an die anderen
    Abteilungen des Pflegeheims 28
Der Qualitätsmanagementbeauftragte -QMB- 30
Die Dokumentation 32
Ein Dank an unsere Aufsichtsinstanzen 35
Eine Frage der Relation 37
Ein paar Gedanken zum Leben nach dem Dienst –
    soweit vorhanden 39
Der frühe Vogel kann mich mal 41
Ein Dank an Polizei und Feuerwehr 43
Die Harninkontinenz 45
Die Demenz 46
Besondere Kollegen 50
Pflege zu Zeiten von Corona 51
Chefs 60
Adieu, Du schöner Urlaub,
    Du warst viel zu schnell vorbei 66
Chef ist nicht gleich Chef 67
Die Küche 69
Die Waschküche 72

Don't drink and drive 74
Noch mal zum Thema Feuerwehr 76
Ein Maurer ohne Kelle 79
Über die Hürden, ein Buch zu schreiben 81

Du bist geboren, um zu pflegen,
bis ans Ende Deiner Zeit,
kannst alles sonst vergessen,
sei zum Verzicht bereit.
Ob Lob oder Moneten,
Du wirst sie selten seh'n
Du lebst von den Gebeten,
„es muss doch besser geh'n".
Du machst Dich krumm, Du machst Dich grade,
gibst alles, was Du hast.
Die Politik geht alte Pfade,
wie's ihnen grad so passt.
Die ganzen schönen Worte:
„Jetzt haben wir's kapiert",
sind nichts als hohle Phrasen,
glaubwürdig präsentiert.
Tatsächlich was zu ändern,
hat keiner wirklich vor.
Man denke, was das kostet,
wie stellt Ihr Euch das vor?
Mit Trost und netten Worten, ein Bonus jovial,
hält man uns bei der Stange, wir sind ja so sozial.
Nach COVID wird man sehen, was nachgeblieben ist,
ob irgendwer kapiert hat, wie wertvoll Pflege ist?!

Vorwort

Sonne und Regen, die wechseln sich ab,
mal geht's im Schritt, mal geht's im Trab.
Fröhlichkeit, Traurigkeit, beides kommt vor.
Eines ist wichtig: Trags mit Humor!

Lieber Leser, liebe Leserin.

Die Altenpflege in Deutschland lässt sich mit einem Surfer bei unbeständigem Wetter vergleichen. Kommt die richtige Welle, d. h., die richtigen Impulse aus Politik und Gesellschaft, trägt sie uns zum Sieg. Kommt sie nicht, sind wir zum Ertrinken verurteilt.

Ist das nur das Problem von uns beruflich Pflegenden?

Wohl kaum! Was würde unsere Gesellschaft denn machen, wenn die Pflege wirklich zusammenbrechen würde (was weniger unwahrscheinlich ist, als Sie vielleicht denken)? Holen Sie Mutti und Vati, Onkel und Tantchen dann nach Hause und geben Ihren Beruf – und damit auch Ihren Lebensunterhalt – auf, um sich so um Ihre Angehörigen zu kümmern, wie wir es Ihrer Meinung nach immer hätten tun sollen? Ich wünsche unserem Land für diesen Fall viel Spaß und viel Erfolg!

Alles, was wir hier beschreiben, ist zwar mit einem Augenzwinkern gemeint, beinhaltet aber die Hoffnung auf den einen oder anderen Augenöffner. Es sind Geschichten voller Liebe, Verzweiflung, Ironie und Resignation.

Unerfüllbare Ansprüche, der daraus resultierende Frust, das Gefühl von Zusammengehörigkeit und der Wille, das alles durchzustehen, kennzeichnen unsere Wirklichkeit. Kriegen wir es zusammen besser hin? Wir sind überzeugt: Das müssen wir!

Als wir mit diesem Projekt angefangen haben, hatten wir eigentlich geplant, nicht unsere echten Namen als Autoren anzuführen. Wir wollten auf keinen Fall, dass sich irgendein Kollege konkret angesprochen fühlt und verletzt ist. Letztendlich haben wir uns dagegen entschieden.

Der vorliegende Text fasst die Erlebnisse von zweimal 30 Jahren im Beruf zusammen. Obwohl sich alles so ereignet hat, wie wir es niedergeschrieben haben, ist jeder Akteur die Essenz von verschiedenen Personen in derselben Funktion. Wir haben fast jede Position, die hier beschrieben wird, bereits selbst bekleidet und es ist eine gehörige Portion Selbstironie dabei.

Überhaupt ist dieses Buch nicht dazu gedacht, anzuklagen oder sich zu beklagen.

Betroffenheitsberichte gibt es schon genug.

Schon gar nicht ist es unsere Absicht, irgendjemanden der Lächerlichkeit preiszugeben, schon gar nicht Bewohner, Menschen mit einer Demenz oder Angehörige.

Wir möchten alles mit einem Schmunzeln betrachten, und wir sind uns sicher, dass unsere Kooperationspartner sich mit demselben Recht über uns beklagen könnten.

Ich glaube, es war der unvergessene Heinz Erhardt, der einmal gesagt hat: „Ein nachdenkliches Schmunzeln ist mir oft lieber als ein lautes Lachen."

Im Text folgen nach einigen Zusammenfassungen von Situationen, die sich immer und immer wieder ereignen, einige konkrete Situationsbeschreibungen, sozusagen konkrete Anekdoten aus der Praxis.

Wir wünschen Ihnen beim Lesen viel Vergnügen und hoffen, dass wir Ihnen das eine oder andere Schmunzeln entlocken können.

Ein nicht ganz ernst gemeinter Ratgeber für die ersten Tage im Pflegeheim

1. Packe auf keinen Fall passende Kleidung ein! Der Gesichtsausdruck ist einfach zu schön, wenn die Pflegekraft, kurz bevor sie mit dem Anziehen fertig ist, feststellt, dass die Hose 2 Nummern zu groß ist. Noch besser ist nur, wenn sie feststellt, dass die Hose 2 Nummern zu klein ist. Einfach unbezahlbar.

2. Wenn Deine Kinder Dich begleiten, sollten sie die Pflegekräfte ausführlich informieren. Am besten fängt man mit einer ausschweifenden Erzählung an, wie schwer die Pflege ist und wie belastend. Dazu muss man nur ignorieren, dass man eine beruflich pflegende Person vor sich hat, der Rest ergibt sich von selbst. Wichtig ist nur, dass man keine nützlichen Informationen preisgibt. Es macht viel mehr Spaß, diese zur Abendbrotzeit am Telefon zu verkünden („Hatte ich eigentlich erwähnt …?").

3. Bevor der Tag des Umzuges kommt, erhält man stets eine Information, was am Einzugstag mitzubringen ist. Am einfachsten ist es, diese Information nicht nur zu entsorgen, sondern auch den Inhalt sofort zu vergessen. Falls Ihr das versäumt habt, legt am besten alles, was am bewussten Tag gebraucht wird, an einen besonderen Ort, den man „dann wissen wir, wo es ist" nennen könnte. Treffender wäre natürlich „aus den Augen, aus dem Sinn". Ihr werdet schon merken, wie viel Spaß es macht, wenn Euer Arzt die Pflegekraft am nächsten Morgen am Telefon zusammenstaucht: „Ohne Versicherungskarte geht schon mal gar nichts!" oder „Wieso, ich habe doch letzte Woche erst 100 Tabletten aufgeschrieben, die können doch noch nicht alle sein!".

4. Ihr solltet unbedingt die Schwesternklingel testen. Die hat immer ein rotes Lämpchen, damit Ihr sie auch im Dunkeln findet. Drückt in unregelmäßigen, nicht vorhersehbaren Abständen auf die Klingel, und wenn die Pfleger zart schaumgebremst zum siebten Mal in der Tür stehen, sagt mit Unschuldsmiene: „Ach, das ist gar nicht der Lichtschalter? Es ist alles noch so neu für mich."

5. Wenn es sich gar nicht vermeiden lässt, Medikamente von zu Hause mitzubringen, sammelt Ihr am besten eine Weile alles, was Euch so in die Finger kommt. Dann alles ab in einen großen Plastiksack, ordentlich durchschütteln und der Spaß kann losgehen.
PS: Am besten ein paar abgelaufene Medikamente untermischen, dann habt Ihr länger etwas davon. Und wo steht bitte geschrieben, dass die Umverpackung der Tabletten beim Transport verschlossen sein muss?

6. Seid geheimnisvoll! Bei der einen Pflegekraft zeigt Ihr Euer ganzes Können, bei der nächsten lasst Ihr Euch total hängen. Die erste Pflegekraft wird annehmen, die zweite sei nur zu ungeschickt, die zweite Pflegekraft wird der ersten Aufschneiderei unterstellen. Der Streit zwischen den beiden hilft auf jeden Fall über die langweilige Mittagsruhe.

7. Ein letzter Tipp: Bringt möglichst viel Wäsche mit, die nur handgewaschen werden darf. Auf jeden Fall habt Ihr immer Gelegenheit für ein bisschen Small Talk, während Ihr Euch über die eingelaufene Wäsche im Puppenkleidungsformat beschwert.

Ratgeber für Ärzte und Krankenhäuser

Acht Punkte, die bei einer (Rück-)Verlegung vom Krankenhaus ins Pflegeheim beachtet werden sollten:

1. Terminiere den Transport stets so, dass der Patient – vom Zeitpunkt seiner Ankunft in der Pflegeeinrichtung „Bewohner" genannt – entweder zum Mittagessen oder zum Abendbrot in der Einrichtung eintrifft. Bestens geeignet sind der Mittwoch- und Freitagnachmittag. Da hat nämlich kein Hausarzt geöffnet. Ist reiner Zufall, dass die Genesung meist auf einen dieser beiden Termine fällt.

2. Formuliere den Entlassungsbericht so, dass selbst Julius Cäsar sein lateinisches Wörterbuch hätte suchen müssen. Begriffe wie:
„paroxysmal" für „anfallsartig",
„persistierend" für „fortbestehend" oder
„Exazerbation" für „deutliche Verschlimmerung von Symptomen einer chronischen Krankheit" ist ja heute praktisch Umgangssprache. Da braucht es schon etwas mehr, um sich von der Masse abzuheben.
Alternativ gibst Du als Krankenhausarzt ein Begleitschreiben mit, mit dem Hinweis: „Entlassungsbericht folgt. Dieses Schreiben wurde maschinell erstellt und ist ohne Unterschrift gültig." Bemerkungen wie: „Rückruf ist zwecklos, ich gehe jetzt golfen", „welcher Trottel hat da wieder meine Durchwahl auf das Formular gedruckt", „Sprechstunde montags bis freitags von 08:00 bis 08:30 Uhr" oder „in dringenden Fällen nerven Sie jemand anderen" haben sich in der Praxis nicht bewährt. Was den versprochenen Entlassungsbericht angeht: Steht da vielleicht, wann der folgt? Na also.

4. Als Hausarzt änderst Du sofort nach der Entlassung aus dem Krankenhaus die Medikamente, die im Krankenhaus in wochenlanger Arbeit zusammengestellt worden sind. Was glauben die im Krankenhaus eigentlich, wer sie sind? Schließlich hast Du den Bewohner ja nicht ins Krankenhaus eingewiesen, weil Du vor Ort nicht mehr weiterwusstest, oder, äh, also... weiter mit Punkt 5.

5. Sollte der Bewohner ansteckende Krankheiten haben, z. B. MRSA oder andere populäre Keime, erwähne es nicht, bevor der Bewohner sicher in der Pflegeeinrichtung eingetroffen ist. Die im Heim kommen auf die dümmsten Ideen und das Gequatsche von „wir haben aber kein Einzelzimmer frei" will doch nun wirklich keiner hören. Wenn die Sanitäter in voller Vermummung aus dem Wagen steigen, wissen die im Heim früh genug Bescheid.

6. Ja, eigentlich bist Du als Krankenhausarzt verpflichtet, die Medikamentenversorgung sicherzustellen, bis Hausarzt und Apotheke die Weiterversorgung gewährleisten können. Wenn bis dahin ein Insulin-Pen vergessen wird –nobody is perfect, oder? (Wissen die eigentlich, was der Scheiß kostet?).

7. Klar, Diagnostik gehört auch dazu und kann auch spannend sein. Man denke nur an „Dr. House", der hat es damit bis in Fernsehen gebracht.
Blöd ist nur, wenn sich herausstellt, dass der Patient weder krank noch ernsthaft verletzt ist. Das ist nicht nur langweilig, es bringt auch nichts ein. Deshalb ist es immer gut, eine abrechenbare Diagnose zu stellen. Bei Bewohnern eines Pflegeheims z. B. passt „Exsikkose" (extremste Form der Austrocknung durch Flüssigkeitsmangel) eigentlich immer. Allerdings solltest Du nicht den kleinen Plastikschlauch übersehen, den manche in der Bauchdecke tragen; das ist in der Regel eine Magensonde, über die der Bewohner fast unbe-

grenzt mit Flüssigkeit versorgt werden kann. Das macht die Exsikkose-Diagnose ein bisschen unglaubwürdig. In diesem Zusammenhang haben wir herzlich gelacht, als wir in einem Entlassungsbericht aus dem Krankenhaus lesen mussten, dass eine Bewohnerin, die seit Jahren vollständig über eine Magensonde ernährt wurde, im Krankenhaus ihr Brötchen nicht essen konnte …

8. Auch wenn Du mal keine Ahnung hast, womit Du es zu tun hast, lass es Dir nicht anmerken. Wiederhole einfach dieselben Fragen an den Patienten in unregelmäßigen Abständen. In diesem Fall lautet das Motto: sicheres Auftreten bei völliger Ahnungslosigkeit.

9. Worüber wir überhaupt nicht lachen, ist, wenn Ihr Menschen aus dem KH entlasst, die dem Tode schon sehr nahe sind. Wieder besonders gern am Freitagnachmittag. Ohne ausreichende Schmerzmedikation. BTM bekomme ich nur über den KV-Notdienst. Das Verordnen der erforderlichen Medikation machen diese natürlich gern, ohne den Bewohner zu kennen.

Ein Gruß an die Pflegefachkräfte

Du hast Dich entschieden, eine Ausbildung zur Pflegefachkraft zu machen. Ein Beruf mit Zukunft, Pflegefachkräfte werden händeringend gesucht, und seit Corona erhalten sie sogar Applaus von den Balkonen. Als Pflegefachkraft kannst Du Deinen Mitmenschen helfen und leistet einen Dienst an der Gemeinschaft. Deshalb möchte ich Dir aus vollem Herzen zurufen:

Du IDIOT!

Warum ich das sage?

1. Gewöhne Dich nicht an den Beifall! Pfiffe wirst Du häufiger hören als Applaus.
2. Mach Dich bereit für einen Job als sprichwörtliches Sandwich: Während von oben erwartet wird, dass die Pflegedokumentation prüfungssicher geführt wird, Du mit Ärzten, Therapeuten und Angehörigen kommunizierst, werden Deine Kollegen ohne Ausbildung Dich zur Schnecke machen, weil Du ja nur am Schreibtisch sitzt.
3. Verabschiede Dich beizeiten von Freunden und Bekannten, die selbst nicht in der Pflege arbeiten. Deine bescheuerten Dienstzeiten hält keine Freundschaft länger als ein oder zwei Jahre aus.
4. Schadenfreude ist die beste Freude: Während andere auf Entschädigung für ihren Schummel-Diesel warten oder den teuren Auslandsurlaub wegen Corona stornieren müssen, kannst Du Dich entspannt zurücklehnen; bei Deinem Gehalt kannst Du Dir weder das eine noch das andere leisten. Immerhin leistest Du so einen Beitrag zum Klimaschutz.

5. Du wirst allerdings auch eine ganze Menge Geld einsparen, denn an der Hälfte der Veranstaltungen, an denen Du gern teilnehmen würdest, hast Du mit Sicherheit Dienst.
6. Du bist ein echter Allrounder. Du verteilst Medikamente, spritzt Insulin, führst Gespräche mit Angehörigen, wäschst Bewohner, hilfst ihnen auf die Toilette, kommunizierst mit den Ärzten und führst die Pflegedokumentation. Schade nur, dass die Zeit nicht einmal für die Hälfte davon reicht.
7. Ein kaputter Rücken kann auch entzücken!
8. Du trainierst Deine kämpferische Seite. Während man in manchen Branchen nur durch Selbstmord regelmäßige Gehaltserhöhungen verhindern kannst, wirst Du um jeden Euro kämpfen.
9. Du kannst klingen wie Obi-Wan Kenobi aus Star Wars, wenn Du sagst: „Der Stress wird mit Dir sein. Immer."

PS: Aber hey, nimm das alles nicht zu ernst; ich bin ja genauso ein Idiot wie Du.

PPS: Behandle die Pflegehelfer immer mit Respekt. Ohne sie bist Du nichts!

Die Pflegedienstleitung – PDL

(Wenn Sie das Folgende lesen, stellen Sie sich die vertraute Stimme eines Fernsehsprechers vor, der eine Dokumentation spricht. Ich persönlich finde die deutsche Stimme von Tom Selleck – besser bekannt als Magnum – sehr passend.)

„In unserem kleinen Biotop namens ‚Pflegeheim' ist die PDL wohl eines der bemerkenswertesten Geschöpfe. Die PDL gehört zu den bedrohten Arten. Nein, nein, nicht vom Aussterben bedroht, denn ohne PDL geht gar nichts.

Bedrohlich ist eher, dass sie die Entscheidungen des Chefs vor den Mitarbeitern und die Beschwerden der Mitarbeiter vor dem Chef vertreten muss.

Das ist oft ziemlich bedrohlich, glauben Sie mir.

Besondere Beachtung verdienen die Kommunikationsstrategien, die sowohl Männchen als auch Weibchen beherrschen. Während von den nachgeordneten Mitgliedern der Herde ständige Erreichbarkeit erwartet wird (auf jeden Fall während des Dienstes, gern auch privat), ist die PDL selbst selten zu erreichen, jedenfalls nicht, wenn sie dringend gebraucht wird. In der Regel ist sie gerade in einer Besprechung. Die Lockrufe der Mitarbeiter verhallen ungehört.

Die von der Evolution zugedachte Aufgabe der PDL umfassen Organisieren, Anleiten und Kontrollieren.

Begibt sich die PDL auf die Jagd, nennt man dies ‚Pflegevisite'. Damit ist die Überprüfung des Pflegezustandes und der Pflegedokumentation eines auserwählten Bewohners gemeint. Hierbei beweist die PDL den untrüglichen Instinkt des geborenen Jägers. Gnadenlos deckt sie jeden Pflegefehler, jede Unstimmigkeit in der Dokumentation auf. Der Mitarbeiter, bereits erschöpft vom Tagesgeschäft und der Jagd nach verlorener Zeit, hat keine Chance mehr.

Gleichzeitig wacht die PDL wie eine Löwenmutter über ihr Rudel, auch wenn das Rudel dies meist gar nicht zur Kenntnis nimmt. Bescheidenheit und Aufopferung gehören eindeutig zu den am meisten verbreiteten Eigenschaften dieser Spezies."

(Jetzt schalten wir die Stimme von Tom Selleck wieder aus – danke für die Mitwirkung, Tom).

Verstehen Sie mich nicht falsch: Ohne PDL geht wirklich nichts. In den allermeisten Fällen ist sie der Klebstoff, der alles zusammenhält.

Und der Preis, den sie oder er dafür persönlich zahlt, ist in Geld nicht zu bemessen.

Die Auszunutzenden

Ein großes Problem in der stationären Pflege – also der Pflege in einem Pflegeheim – ist, dass manche Tätigkeiten nur von Pflegefachkräften erbracht werden dürfen, also von Pflegekräften mit einer dreijährigen Ausbildung und staatlich anerkanntem Examen. Oft, jedenfalls öfter als man meint, sind aber nicht genug von diesen seltenen Exemplaren vor Ort. Was nun?

Okay, wenn Auszubildende da sind, bittet man sie demütig, die Aufgaben zu übernehmen. Kein Auszubildender, der engagiert auf seinen Abschluss hinarbeitet, wird dazu Nein sagen. Man nennt es wohl Bauchpinseln. Je nach Ausbildungsstand ist dies auch legitim.

Leider gewöhnt sich die Obrigkeit viel schneller daran, als es der Auszubildende tut. Während die PDL beruhigt in den Feierabend geht, wissend, dass er/sie einen „Dummen" gefunden hat, der die Verantwortung übernimmt, reichert sich im Auszubildenden im Laufe von Tagen, Wochen und schließlich Monaten das Gefühl an, völlig überfordert zu sein. Nach und nach wächst die Angst, etwas falsch zu machen und einem Bewohner ungewollt Schaden zuzufügen. Funktioniert der Auszunutzende – äh, Auszubildende – irgendwann nicht mehr, heißt es schnell: Ich wusste gleich, dass auf ihn/sie kein Verlass ist.

Übrigens, finden Sie auch, dass die ständige Verwendung beider Geschlechter Texte teilweise unlesbar machen? Im Rahmen der Corona-Verordnungen habe ich in letzter Zeit oft Texte lesen müssen, wie:

„Der Bewohner oder die Bewohnerin einer Einrichtung der Pflege, der Eingliederungshilfe oder der Gefährdeten-Hilfe dürfen täglich eine Stunde Besuch empfangen, wenn der Bewohner oder die Bewohnerin einer Einrichtung der Pflege, der Eingliederungshilfe oder der Gefährdeten-Hilfe nicht mehr als zwei Besucher oder Besucherinnen in den Räumen der Einrichtung der Pflege, der Eingliederungshilfe oder der Gefährdeten-Hilfe empfängt."

Hä???

Noch schlimmer ist es, wenn Pflegehelfer (ohne Ausbildung) in diese Rolle gedrängt werden. Hat der/die Auszubildende immerhin die Aussicht auf das Examen und damit offizielle Verantwortung, kann man Pflegehelfer oft nur dazu bringen, Dinge zu tun, die sie eigentlich nicht tun sollen, indem man ihnen Dinge verspricht, von denen man weiß, dass sie niemals zu halten sind, weil die weit entfernte Firmenzentrale dies ausdrücklich ausgeschlossen hat, z. B. einen Firmenwagen zur privaten Nutzung, wohl wissend, dass dies den Fachkräften vorbehalten ist. Irgendeine Chance auf offizielle Anerkennung? Vergiss es! Am besten ist es, wenn dem/der Pflegehelfer*in noch gesagt wird, er/sie sei genau richtig, um den Saustall mal richtig aufzuräumen.

Die Chance, sich vor lauter Stolz über die übertragenen Aufgaben bei allen anderen Kollegen unbeliebt zu machen, ist ungleich größer.

Der Verpackungswahnsinn

Ob MRSA, ESBL, Clostridien, MRGN (alles problembehaftete, überwiegend gegen Antibiotika unempfindliche Krankheitserreger) oder Corona – eines haben sie alle gemeinsam. Sie zwingen uns Pflegekräfte dazu, uns zu vermummen, dass wir aussehen wie Neil Armstrong, als er den Mond betrat. Nur dass wir nicht live im Fernsehen sind. Und es ist auch nicht ein großer Sprung für die Menschheit, sondern einfach nur ätzend. Für jeden Schritt in das Zimmer eines Infizierten wird die Haarhaube aufgesetzt, ein Schutzkittel angezogen, Handschuhe übergestreift und Füßlinge über die Schuhe gestreift; dann kommt das Beste: der Mund-Nasen-Schutz. Sie glauben gar nicht, wie man es als Brillenträger genießt, wenn die Brille vom eigenen Atem beschlägt, dass man sich fühlt wie im Nebel des Grauens. Und das teilweise bei Außentemperaturen von über 30°. Sehr geehrter Mr. Trump, wenn Sie etwas über die Auswirkungen des Klimawandels erfahren möchten, den es ja Ihrer Meinung nach gar nicht gibt, kommen Sie im Sommer mal vorbei. Wir versorgen gemeinsam ein Infektionszimmer und freuen uns, dass wir mitten in einer Eiszeit stecken. In dieser Halloween-Verkleidung versorgen wir nicht nur den Bewohner, wir desinfizieren seine Kontaktflächen, beziehen täglich das Bett neu, damit er sich nicht ständig wieder selbst ansteckt, servieren Essen und Trinken usw. Man sollte auch gar nicht glauben, wie viel Zeit diese Vermummung im Laufe einer Arbeitsschicht in Anspruch nimmt. Schmutzwäsche, Geschirr und überhaupt alles muss getrennt entsorgt werden. Einfach ein Träumchen …

Ganz zu schweigen davon, wie sich der Bewohner fühlt, wenn er nur noch Mond-Menschen um sich hat.

Gedanken über den Chef

Als angestellter Heimleiter bist Du immer in einer Zwickmühle: Der Chef, der bei seinen Mitarbeitern beliebt ist, ist es oft nicht bei der Geschäftsführung – und umgekehrt. Blöd ist, wenn Du bei beiden unbeliebt bist, weil Du glaubst, Deine Position wäre nur zu Deinem eigenen Vorteil da. Unbeliebt machst Du Dich auf jeden Fall, wenn Du

- jeden Freitag früher Feierabend machst, weil Du dringend bei Ikea etwas für die Abteilung „Soziale Betreuung" kaufen musst,
- bei offiziellen Feiern im Heim in kurzen Hosen auftauchst und als Erster am Bierstand stehst,
- bei dem Versuch, ein Zimmer zu vermieten, im Beisein einer sterbenden Bewohnerin zu den Interessenten sagst: „Doch, doch, das Zimmer wird demnächst frei!",
- Du ein Kritikgespräch mit einer Mitarbeiterin weiterführen willst, während eine Bewohnerin gerade an der Wurst vom Mittagessen erstickt,
- Du Pflegehelfern für (teilweise illegale) Extratätigkeiten Dinge versprichst, die von der Firmenpolitik ausgeschlossen sind,
- Du beim Sommerfest als Ester am Buffet stehst und einer Bewohnerin im Rollstuhl, die das Buffet nicht erreichen kann, sagst „Keine Arme, keine Kekse" (ich weiß, man möchte es nicht glauben, aber es ist so geschehen),
- Dein Motto die zehn großen „A" sind:
  Alle **a**nfallenden **A**rbeiten **a**uf **a**ndere **a**bschieben, **a**nschließend **a**nscheißen, **a**ber **a**nständig!

Du weißt, dass Du unbeliebt bist, wenn ein Berufsbetreuer auf Hausbesuch vor deinem Büro steht und seiner Frau, die ihn ausnahmsweise begleitet, erklärt: „Und da sitzt der Chef!" Wenn die Antwort auf ihre Frage „Und was macht der da?" lautet: „Na ja, der sitzt da", wirst Du leider nicht „Heimleiter of the year".

Ich werde übrigens immer misstrauisch, wenn ein Chef sagt: „Ich stehe hinter meinen Angestellten" – das ist die beste Position, um den Angestellten in den Hintern zu treten oder ihnen in den Rücken zu fallen.

Der richtige Platz des Chefs wäre VOR den Angestellten.

Der Turbo

Man stelle sich vor: ein Dienst, der ohnehin so geplant ist, dass es gerade einmal so funktioniert. Man kommt zum Dienst, und das Erste, was man hört, ist, dass ein Kollege sich krankgemeldet hat.

Was nun?

Erst einmal eine Viertelstunde Klagen. Dann andere Bereiche um Hilfe bitten.

Bei der Arbeit wird mindestens ein, eher zwei Kollegen derart den Turbo anschmeißen, dass keine Hilfe mehr erforderlich ist, wenn ein Kollege abgehetzt von seinem eigenen Wohnbereich zur Unterstützung kommt.

Und jetzt beginnt das Problem: Der Kollege kehrt auf seinen Wohnbereich zurück und vermeldet, er würde gar nicht gebraucht. Kein Zweifel, die Geschichte macht ihre Runde im Heim. Früher oder später erfährt der Chef davon und weiß sofort: Es geht auch mit einer Kraft weniger.

Er ist sich nicht darüber im Klaren, dass hier einige Mitarbeiter im Angesicht einer bedrohlichen Situation über sich hinausgewachsen sind. Dass dies maximal ein bis zwei Tage funktioniert, ist ihm nicht bewusst.

Ein Gruß an die anderen Abteilungen des Pflegeheims

In einem Pflegeheim gibt es außer der Pflege noch andere Abteilungen, die an der Versorgung der Bewohner mitwirken:

- Küche
- Hausreinigung
- Haustechnik
- Wäscherei
- Soziale Betreuung (Beschäftigung)
- Verwaltung

Dabei sind folgende Regeln unbedingt zu beachten:

1. Stellt Euch vor, es hieße nicht „Pflegeheim", sondern „Küchenheim", „Hausmeisterheim", „Wäschereiheim" usw. Damit wäre klar, dass die Pflegekräfte sich auf jeden Fall Euren Arbeitsabläufen unterzuordnen haben und nicht umgekehrt.
2. Die Pflegekräfte, wenn auch Mangelware, sind gewohnheitsgemäß für alles und jedes zuständig. Also können sie ja zur Abwechslung auch mal was Sinnvolles tun, z. B. Schränke putzen, Toiletten reinigen oder das Besteck aus der Küche holen, das auf dem Servierwagen fehlt. Wie heißt es doch so schön: „Das bisschen Pflege macht sich von allein, sagt der Chef …".
3. Für einen Hausmeister ist die korrekte Antwort auf Nachfragen zu unerledigten Reparaturen immer: „Da bin ich dran!", „Das habe ich auf dem Zettel!" oder „Die Teile sind bestellt!".
4. Als Mitarbeiter der Küche produziere alles im Voraus. Man kann schließlich alles wieder aufwärmen. Ein Käsebrötchen soll knackig und saftig sein. Was macht es schon, wenn der Käse knackig und das Brötchen saftig ist?!

5. Als Mitarbeiter der Hausreinigung beschwere Dich regelmäßig, wenn die Pflegekräfte über den frisch gewischten Boden laufen. Der Herzinfarkt am anderen Ende des Flurs wird ja wohl in zehn Minuten auch noch am Laufen sein, oder?
6. Denk an Deine Stellenbeschreibung; es heißt „Wäscherei" und nicht „Glatt-Bügelei" oder „Ordentlich-Zusammenlegerei". Niemand mag Streber!
7. Als Mitarbeiter der Verwaltung betrachte Deine Arbeit als beendet, wenn Dein Teil erledigt ist. Informiere die Pflegekräfte erst dann, wenn es sich nicht mehr vermeiden lässt. Wo wären wir ohne ein bisschen Spontanität?

Der Qualitätsmanagementbeauftragte -QMB-

In Anlehnung an den wunderbaren Filmklassiker „Die Feuerzangenbowle" mit Heinz Rühmann sagen wir mal Folgendes:
„Stellen wir uns mal janz dumm und fragen: Wat ist en QMB?"

Wenn man einen QMB fragt, wird er (oder sie) vermutlich antworten: „Ich bin das Gehirn hinter allem, was hier passiert. Ich schreibe die Konzepte, überwache die Einhaltung und kontrolliere den Erfolg. Ich bin immer auf dem neuesten Stand und kann jederzeit jede Frage beantworten.

Ohne mich läuft hier gar nichts!"

Aber was würden seine (oder ihre) Kollegen sagen?

Man sagt, dass die QMB ein bisschen weltfremd sind. Da diese Position inzwischen gesetzlich vorgeschrieben ist, hat der QMB in der Regel mit der Durchführung der Pflege nichts mehr zu tun. Es dauert nicht lange, bis der QMB vergisst, wie es war, als er selbst unter extremem Zeitdruck tausend Dinge gleichzeitig erledigen musste. Er hat die Rückenschmerzen vergessen nach einem unterbesetzten Frühdienst. Er kennt nicht mehr den Stress, immer irgendetwas von den tausend Aufgaben, die zu erledigen sind, nicht erledigen zu können, und dabei zu hoffen, dass er seine Prioritäten richtig gesetzt hat, sodass kein Schaden entsteht. Deshalb neigt der QMB dazu, Ansprüche zu stellen, für die weder Zeit noch Kapazität vorhanden ist. Lücken in Listen, nicht abgearbeitete Pflegevisiten (siehe Kapitel „PDL") und Ähnliches sind ein rotes Tuch für den QMB. Eine gewisse Entfernung von der Basis und Praxis wird gern unterstellt.

Es gibt einen Scherz, in dem ein QMB mit einem Schäfer wettet, ob dieser seinen Beruf erraten könne.

Sollte der QMB die Wette gewinnen, dürfe er sich ein Schaf aus der Herde des Schäfers aussuchen. Am Ende sagt der Schäfer:

„Sie sind QMB; und jetzt geben Sie mir meinen Schäferhund zurück!" Als wenn ein QMB den Unterschied zwischen einem Schaf und dem Schäferhund nicht kennen würde. ☺

Auf jeden Fall ist der QMB ein Mörder; ein Baummörder. In der Erfüllung seiner Aufgaben holzt er monatlich eine Fläche des Schwarzwaldes ab mit seinem Verbrauch an Druckerpapier. Seine größte Freude sind Auswertungen und Statistiken. Dabei muss man eine Statistik nicht einmal fälschen, um ihre Schwächen aufzuzeigen. Stellen Sie sich vor, ein Verein der Fußball-Bundesliga spielt 5 x unentschieden. Der eine Reporter wird sagen: „Der Verein ist seit fünf Spieltagen ungeschlagen", der nächste Reporter wird sagen: „der Verein konnte seit fünf Spieltagen nicht mehr gewinnen." Und beide haben recht.

Wollen wir deshalb auf unseren QMB verzichten?

Nutzt ihn (oder sie) doch einfach mal und bittet ihn um Hilfe bei den Dingen, für die Ihr keine Zeit habt. Mal sehen, was passiert …

Die Dokumentation

Ein Großteil der Zeit geht für die Pflegedokumentation drauf. Lange Zeit galt der Grundsatz: was nicht dokumentiert wurde, wurde nicht gemacht. Zum Glück wird dies durch einige Änderungen gerade etwas gelockert.

Gehen wir doch mal an einem Beispiel durch, was das so alles mit sich bringt.

Stellen Sie sich vor, Sie ziehen in ein Pflegeheim. Wenn Sie auf die Toilette müssen, sagen Sie Bescheid und eine freundliche Pflegekraft hilft Ihnen dabei.

Schauen wir mal, wie das in der Pflegedokumentation aussieht:

Zunächst wird festgestellt, wie das bei Ihnen so ist mit dem Toilettengang; merken Sie rechtzeitig, wenn es drückt? Geht auch mal was daneben? Benötigen Sie Vorlagen oder anderes Inkontinenzmaterial? Kann man Sie auf der Toilette allein lassen oder ist zu befürchten, dass Sie selbstständig aufstehen und stürzen? Machen Sie vielleicht Unfug mit dem, was eigentlich in die Toilette gehört? Können Sie stehen?

Dies alles wird in die sogenannte „Informationssammlung" eingetragen, damit alle Pflegekräfte über dieselben Informationen verfügen und es bei der nächsten Prüfung ein Sternchen gibt und keine Abmahnung.

Anschließend wird eine „Maßnahmenplanung" geschrieben, d. h., zu jeder Verrichtung, bei der Sie Hilfe benötigen, wird eine mal mehr, mal weniger passende Maßnahme geschrieben (je nachdem, wer es schreibt). Ich habe immer die Beschreibungen am meisten geliebt, in denen so etwas stand wie: „Hose herunterziehen und Vorlage entfernen, bevor sich der Bewohner auf die Toilette setzt." Man ist ja manchmal so schusselig, dass man die Reihenfolge durchaus verwechseln könnte.

Dann werden Ziele festgelegt; ist da vielleicht noch mehr rauszuholen (natürlich nicht aus Ihrer Blase, sondern aus Ihnen)? Können Sie noch besser werden?

Nach erledigtem Geschäft wird dann eingetragen, ob Sie wirklich uriniert haben, und wer auf die grandiose Idee gekommen ist, auf die Toilette zu gehen: Sie selbst oder eine Pflegekraft. Jetzt noch schnell eintragen, ob Vorlage oder Hose bereits nass waren – fertig!

Natürlich wird noch einmal per Handzeichen bestätigt, dass der Toilettengang auch wirklich durchgeführt wurde. Sie wissen ja – nicht dokumentiert ist nicht gemacht!

Jetzt nur noch in festgelegten Abständen schriftlich überprüfen, ob alles noch beim Alten ist, und „schon" ist man fertig.

Ziemlich viel Schreibkram dafür, dass Sie eigentlich nur urinieren wollten, nicht?

Und stellen Sie sich mal vor, wie viele andere Alltagsverrichtungen so betrachtet werden müssen: essen, trinken, waschen, anziehen, duschen, Zähne putzen, sich beschäftigen, sich an wesentliche Ereignisse erinnern...

Schauen wir uns einmal das Essen an.

Sie glauben, Sie wählen aus den beiden Mittagsmenüs das passende aus, lassen es sich schmecken und das wars?

HA!

Weit gefehlt, weit gefehlt. Schon am Tag Ihres Einzugs händigen wir Ihnen den sogenannten „Biografie-Bogen" aus.

Damit möchten wir nur eine Kleinigkeit von Ihnen: nichts weniger als alle persönlichen und privaten Informationen, die in Ihrem Leben eine Rolle gespielt haben.

Unter anderem möchten wir wissen, was Sie gern essen und trinken, und natürlich auch, was nicht. Wir möchten wissen, ob Sie schon immer so ein Pummelchen waren oder noch schlimmer, ob Sie schon immer so ein Hungerhaken waren. Menschen mit einem Hang zum Untergewicht bedeuten für uns immer Probleme, ganz egal, wie gesund und fit Ihr Lebensstil gewesen ist.

Die Brigitte-Diät hat bei uns keine Chance (hat doch sowieso nie funktioniert).

Dann melden wir Sie in der hauseigenen Küche an, natürlich mit einem extra dafür entwickelten Formular. Damit steht dann auch der Brotbelag fest, den Sie den Rest Ihres Lebens essen werden.

Dann übertragen wir die gewonnenen Informationen in die Informationssammlung, die kennen Sie ja schon vom Toilettengang.

Als Nächstes zerpflücken wir Ihr Ess- und Trinkverhalten bis ins Kleinste; essen Sie auch täglich Ihren Joghurt? Waren Sie etwa in den letzten drei Monaten ernsthaft krank? Essen Sie Ihr Tellerchen leer? Essen Sie täglich Obst und Gemüse? Nana, nicht schwindeln!

Sollten Sie die Frechheit besitzen, unser PC- Programm zu der Aussage zu verleiten, Sie seien mangelernährt oder auch nur gefährdet, eine Mangelernährung zu erleiden, werden wir täglich jeden Bissen Essen und jeden Schluck Getränk genauestens dokumentieren (dafür haben wir spezielle Ernährungs- und Einfuhrprotokolle). Big Brother is watching you! Sollten wir einmal vergessen, das einzutragen, kommt bei der nächsten Qualitätsprüfung wie ein Sturmwind der MDK oder die Heimaufsicht über uns.

Die bekannten Planungsschritte mit Maßnahmen und Zielen folgen unweigerlich auch bei diesem Thema.

Und so geht es mit jedem Bereich des täglichen Lebens weiter …

Ein Dank an unsere Aufsichtsinstanzen

Das sind die Heimaufsicht (oder Pflegeaufsicht, je nach Bundesland) und der MDK (der Medizinische Dienst der Krankenversicherung sowie seine Kollegen von den privaten Krankenversicherungen).

Jedes Jahr werden die Pflegeeinrichtungen von diesen beiden Prüfinstanzen besucht (manche würden sagen: heimgesucht).

Sie prüfen dabei die Einhaltung der gesetzlichen Vorgaben und die Qualität der erbrachten Pflege. Man stelle sich vor: Prüfer, die auf Genauigkeit getrimmt sind und schon lange der Erfahrung beraubt, irgendetwas von dem, was sie bemängeln, besser machen zu müssen, treffen auf Pflegende, die nicht erst unter Hochdruck arbeiten müssen, seitdem die Öffentlichkeit den Begriff „Pflegenotstand" kennt.

Alle Ansprüche erfüllen zu wollen, ist, als wolle man in einem runden Raum in die Ecke sch…

Stellt sich die Frage, ob die Bewohner bestmöglich versorgt werden oder die Pflegedokumentation geschrieben wird, fällt die Antwort nicht schwer.

Bei der nächsten Prüfung fällt einem dann jede Lücke in der Dokumentation auf die Füße. An dieser Stelle besten Dank für Euren untrüglichen Instinkt:

1. immer dann zu kommen, wenn ein oder mehrere Mitarbeiter in Schlüsselpositionen entweder krank oder im Urlaub sind,
2. immer die eine Akte zu ziehen, die nicht in Ordnung ist.

Wie Euch das immer wieder gelingt, habe ich noch nicht herausgefunden.

Schön ist auch, wenn beide Prüfteams gemeinsam prüfen und sich während der Prüfung in die Haare kriegen, wer jetzt dran ist, Fragen zu stellen.

Dazu noch ein lockeres „Jetzt holen Sie uns mal diese Unterlagen, aber gehen Sie nicht weg"'!" und die Vertreter der Pflegeeinrichtung haben Karneval.

Und schon allein, weil die Prüfer die Reihenfolge der nummerierten Prüffragen nicht einhalten, verliert der von der Einrichtung vorbereitete Prüfungsordner einen Großteil seines Nutzens.

Dabei erfüllen die Prüfer natürlich eine gesetzliche Aufgabe und machen nur ihre Arbeit. Dennoch hinterlassen sie oft Mitarbeiter, die schwer demoralisiert und frustriert sind. Vielleicht wäre es Aufgabe der Politik, darüber nachzudenken, ob es wirklich zusammengeht, die Ansprüche an die Professionalität der Pflegenden, die Qualität der Pflege und der Pflegedokumentation ständig zu steigern bei gleichzeitig sich immer weiter zuspitzendem

Personalmangel. Viele Pflegefachkräfte haben den Beruf aufgegeben, weil sie den zusätzlichen Stress durch die Prüfungen nicht mehr ausgehalten haben.

Es sei aber nicht verschwiegen, dass viele Prüfer ihre Aufgabe mit viel Empathie und Verständnis erfüllen.

Dafür hier einmal aufrichtigen Dank. Aber trotzdem …

Eine Frage der Relation

Deutschland, 2020

Die zweite Corona-Welle überrollt Deutschland und die Welt.

Die USA beklagen über 210.000 Tote im Zusammenhang mit Corona und entzweit sich über die Wiederwahl von Donald Trump.

Die NASA schickt zum ersten Mal eine Sonde ins All, die auf einem Lichtjahre entfernten Kometen Gesteinsproben sammeln wird, die unser Verständnis vom Anfang des Universums komplett verändern könnten.

Griechenland und die Türkei, beide Partner in der NATO, befinden sich am Rand eines Krieges um Erdgasvorkommen im Mittelmeer.

Um 09:00 Uhr klingelt mein Telefon. Es soll eine Nachkontrolle des Medikamentenmanagements stattfinden.

Bei der letzten Prüfung war auf einigen Tropfenflaschen, die ohnehin innerhalb von zwei Wochen aufgebraucht sind, das Verfallsdatum, welches sechs Monate in der Zukunft liegt, nur auf der Umverpackung vermerkt, nicht aber auf der Tropfenflasche selbst. Bei einigen Insulin-Pens war das Verfallsdatum versehentlich mit einem Monat statt mit vier Wochen berechnet worden. Heute also Nachkontrolle.

Die beim letzten Mal festgestellten Fehler wurden behoben, puh, guter Anfang. Aber dann geht es los: Bei manchen Tabletten ist unklar, inwiefern sie vor einer Mahlzeit gegeben werden müssen. Es entbrennt eine lebhafte Diskussion über die Packungsbeilage und wie man damit am besten verfährt. Als Nächstes wird diskutiert, ob Medikamente, die vom Arzt verordnet wurden, vielleicht Wechselwirkungen entwickeln könnten. Der Fachmann staunt, der Laie wundert sich: Bin ich Arzt oder Apotheker? Nach einem Gedanken an meinen Kontostand bin ich mir sicher: NEIN! Können Sie sich vorstellen, wie der eine oder andere Arzt reagiert, wenn ich ihm seinen Job erklären will? Es ist eine Unsitte der Politik, uns Pflegekräften ständig die Verantwortung für Dinge zu übertragen, auf die wir keinen Einfluss haben. Um dem Ganzen wieder einen professionellen Anstrich zu geben, nennt man die Zurückweisung von nicht mehr fachgerechten Anordnungen eines Arztes: „Remonstration". Die Reaktion des beleidigten Arztes ist die gleiche ...

Die Apotheke hat ein Medikament, das vor einer Mahlzeit gegeben werden soll, in das Fach für die normale Morgenmedikation einsortiert. Wer ist schuld? Wir. Bei einem Antibiotikum stand nur: „für 10 Tage zu geben" in unserer Akte, das Medikament wurde aber nach zehn Tagen nicht offiziell durchgestrichen. Die Anordnung ist vor Monaten ausgelaufen und das Medikament seitdem auch nicht mehr vorhanden. Ergebnis des ganzen Spaßes: Maßnahmenplan einreichen, wie die Mängel behoben werden sollen. Nachkontrolle in vier Wochen.

Währenddessen in der realen Welt: Die zweite Corona-Welle überrollt Deutschland und die Welt ...

Ein paar Gedanken zum Leben nach dem Dienst – soweit vorhanden

Man könnte meinen, ein Allrounder wie eine Pflegekraft bewältigt so eine Kleinigkeit wie den privaten Haushalt nebenbei; schließlich wird ja nichts erwartet, was man vorher auf der Arbeit nicht schon hundertfach getan hätte, nur in wesentlich kleinerem Umfang. Die Wirklichkeit sieht leider anders aus.

Die Pflegekraft, vom vorhergegangenen Dienst so erledigt, dass sie eigentlich zu müde zum Nach-Hause-Gehen ist, quält sich zu Fuß, per Fahrrad (besonders arme Sau!), per ÖPNV oder mit dem eigenen PKW irgendwie nach Hause. Dort angekommen, fällt sie erst einmal aufs Sofa; vorausgesetzt, sie muss sich nicht um schulpflichtige Kinder kümmern, in diesem Fall … gute Nacht, Marie. Wieder halbwegs bei Sinnen, geht sie ihre To-do-Liste für den Tag durch.

Zu erledigen:
- Staub wischen beim Fernsehschrank

Bearbeitungsstand:
- Abgepustet und für gut befunden

Zu erledigen:
- Geburtstagsgeschenk für Tantchens 90. Geburtstag kaufen

Bearbeitungsstand:
- Glaubwürdige Ausrede gefunden und abgesagt

Zu erledigen:
- Einkaufen und frisch Kochen zum Abendessen

Bearbeitungsstand:
- Prospekt vom Pizza-Service rausgelegt

Zu erledigen:
- Frischen Kasak für den morgigen Frühdienst bügeln

Bearbeitungsstand:
- Kasak aufgeschüttelt und für gut befunden

Zu erledigen:
- 20:15 Uhr: Lieblingsserie im Fernsehen gucken

Bearbeitungsstand:
- 20.16 Uhr: auf dem Sofa eingeschlafen

Gefühlt 20:17 Uhr: Aufstehen zum nächsten Frühdienst. Geboren, um zu pflegen...

Man könnte sagen, ein Job in der Pflege ist die beste Therapie gegen Putzzwang.

Der frühe Vogel kann mich mal

Eigentlich heißt es „Der frühe Vogel fängt den Wurm"; bei mir bedeutet es, auf der Suche nach Futter zu verhungern oder tödlich zu verunglücken. Ich bin kein Morgenmuffel, der jeden anmault, im Gegenteil, ich kann morgens noch nicht reden, da ich noch nicht denken kann. Ich leide sehr, wenn gut gelaunte Kollegen im Frühdienst ohne Punkt und Komma auf mich einreden und die Stuhlgänge und Missetaten ihrer Kinder zum Besten geben.

Nach einer anstrengenden Woche mit Spätdiensten hatte ich das Wochenende frei. Samstagmorgens bat ich meinen Mann, mit dem Hund zu gehen, und ich würde Frühstück machen. Also schlurfte ich im Pyjama in Richtung Küche, die ich auch nach ein paar Hindernissen gefunden habe. Ich setzte Wasser für Kaffee auf, stellte Kaffeekanne mit Kaffeefilter bereit und füllte Kaffeepulver ein. Ich dachte nur, hier fehlt doch was und nach längerem Überlegen fiel mir auf, dass ich keine Filtertüte eingelegt hatte. Also von vorn. O. K., weiter geht's. Lecker Knack- und Backbrötchen vorbereiten. Diese Verpackung musste an der Tischkante aufschlagen werden und TONK. Mein Finger war leider dazwischengeraten und ich jaulte auf. Mein Finger pochte. Auf zum Kühlschrank und die Eier rausholen. Das erste Ei, das ich aus der Packung nahm: „Platsch" – fiel erst einmal runter, das zweite Ei, das ich aus der Packung nahm, habe ich auf dem Eierpicker zerlegt. Vier Eier haben es dann doch noch in den Kochtopf geschafft, ich jedoch war den Tränen nahe. Als ich dann noch die Kaffeesahne im kleinen Fläschchen fallen ließ, liefen die Tränen, und mein Mann, der mit dem Hund zurückkehrte, schaute mich fassungslos an.

Einen Tag im tiefsten Winter (da hatten wir die Klimaerwärmung noch nicht) musste ich zur Altenpflegeschule. Natürlich alles mit wehenden Fahnen und ich rannte los. In letzter Sekunde erreichte ich meinen Bus, der jedoch mit Nässe und Rollsplit übersät war und legte mich erst einmal im Bus auf die Nase. Alles lachte, nur ich nicht. Ich schaffte es rechtzeitig, meine Bahn zu erreichen, rannte raus und los zur Schule. Zu dumm, dass manche Straßen vereist waren. Ich also rüber über den Zebrastreifen und im Lichtkegel der wartenden Autos legte mich wieder auf Nase. Es fehlte nur noch der Applaus für meine Kür. Aufgerappelt und gleich habe ich es geschafft. Ich sah schon meine Klassenkameraden, die vor dem Unterricht noch eine geraucht haben, und ich, die auch dringend eine Zigarette benötigte, rannte wieder los und … ich legte mich vor aller Augen ein drittes Mal auf die Nase. Diesmal gab es Applaus für die Kür, verbunden mit viel Gelächter.

Also ich weiß schon genau, warum ich nur Spätdienste mache, zumal Ibuprofen zu einem Grundnahrungsmittel für mich geworden ist. Fragen Sie mal einen Altenpfleger nach Arthrose und der berühmten Morgensteifigkeit.

Ein Dank an Polizei und Feuerwehr

Ich habe lange überlegt, aber ich muss es mir eingestehen: Dieses Kapitel wird ohne Ironie auskommen müssen. Polizei und Feuerwehr sind uns oft eine unschätzbare Hilfe.

Beginnen wird mit der Feuerwehr.

Jedes Pflegeheim ist mit einer Brandmeldeanlage ausgestattet. Wird ein Brandmelder ausgelöst, erhält die Feuerwehr ein automatisches Alarmsignal und rückt auf jeden Fall aus. Die Brandmelder sind dabei äußerst sensibel. Sie reagieren auf thermische, also temperaturbedingte Signale, auf optische Signale, also wenn Qualm und Rauch die eingebaute Lichtschranke unterbrechen, und auf induktive Signale, also flimmernde Luft.

Ein solch sensibles Gerät ist natürlich auch störanfällig. Ein Insekt, das in den Brandmelder gerät, aufwirbelnder Staub von Handwerkern u. ä. lösen ruckzuck einen Fehlalarm aus. Dennoch kommt die Feuerwehr jedes Mal mit derselben Ernsthaftigkeit, als wäre von einem realen Brand auszugehen. Man stelle sich vor, was das gerade für Freiwillige Feuerwehren für einen Stress bedeutet.

Bei medizinischen Notfällen sind es u. a. auch die Sanitäter, Rettungsassistenten und die neuen Notfallsanitäter sowie die Notärzte der Feuerwehr (neben all den anderen Rettungsdiensten), die den Bewohnern zur Seite stehen und oft genug das Leben retten. Selbst Kollegen wurden schon von diesen Helden des Alltags während des Dienstes gerettet. Früher oder später häufiger vorkommende Auseinandersetzungen über die Kompetenz von uns Altenpflegern sind heute zum Glück äußerst selten geworden.

Die Kollegen von der Polizei haben einen äußerst wichtigen, aber auch undankbaren Job, wenn es um Bewohner von Pflegeheimen geht.

Geht ein desorientierter Bewohner „stiften", weil er oder sie das Geburtshaus sucht, das schon vor 30 Jahren einem Neubau weichen musste, bleibt irgendwann nur noch, die Polizei um Hilfe zu bitten. Ist ein Bewohner z. B. auf Insulin angewiesen oder sind die Außentemperaturen niedrig, gerät so ein Bewohner schnell in Lebensgefahr. Der Polizei bleibt dann die undankbare Aufgabe, mit dem Streifewagen herumzufahren und den Bewohner zu suchen. Dabei haben nicht alle unsere Kollegen die Umsicht, z. B. ein Foto von dem Bewohner anzufertigen (solange er noch im Haus ist) oder die heute getragene Kleidung zu notieren.

„So eine alte Frau mit grauen Haaren und Rollator" ist meist keine zielführende Personenbeschreibung (Ha: doch ein bisschen Ironie, wenn auch auf uns selbst bezogen). Ist der oder die Bewohner*in gefunden, hat schon so mancher Polizist eine Ohrfeige bekommen, weil der an Demenz erkrankte Bewohner die Situation völlig missversteht.

Manchmal müssen wir auch die Polizei rufen, weil ein an Demenz erkrankter Bewohner gegenüber den anderen Bewohnern oder dem Pflegepersonal gewalttätig wird. Dabei müssen sie dann sowohl den Bewohner beruhigen als auch den Pflegekräften erklären, dass bei einem schuldunfähigen Menschen keine Rechtsgrundlage für eine Festnahme besteht, sobald die akute Gefährdung vorüber ist. Na, ich danke schön ...

Die Harninkontinenz

Kontinenz wird beschrieben als „die Fähigkeit, zur geeigneten Zeit an einem geeigneten Ort Urin abzusetzen".

Gelingt einem Menschen dies nicht mehr, bezeichnet man ihn als „harninkontinent".

Nun ist es heutzutage so, dass die Pflegekassen – mit einem Spielraum von einigen Euro – ca. 30,- Euro im Monat für die Versorgung mit Inkontinenzmaterial bezahlen, ganz gleich, ob nur eine Slip-Einlage, eine Vorlage oder eine Erwachsenen-Windel benötigt wird. Dieses Vorgehen ist im Prinzip durchaus sinnvoll, im Vergleich zu dem früheren Prozedere, jede Windel einzeln mit den Kassen abzurechnen.

Nun haben sowohl der Lieferant des Materials als auch die Pflegeeinrichtung ein Interesse daran, möglichst wenig von dieser Pauschale auszugeben. Hin und wieder wird der übrig gebliebene Teil des Geldes zwischen beiden aufgeteilt.

Für die Pflegekräfte vor Ort hat dies dramatische Folgen: Es ist kein Material zur Inkontinenzversorgung mehr auf dem Wohnbereich. Was nun? Die Bewohner hören nicht auf, ungezielt Urin zu lassen. Abgesehen von der (unnützen) Arbeit, dreimal pro Schicht die Bettwäsche zu wechseln, wird der Chef nach zwei Wochen quaken: „Warum verbrauchen Sie so viel Bettwäsche?"

So manche Pflegekraft hat schon so manche Träne vergossen, weil sie eigentlich nur noch Tempotücher in die Unterhose legen konnte.

Die Entscheidungsträger haben mit Sicherheit noch nie einen komplett immobilen Bewohner die vollständige Bettwäsche wechseln müssen!

Die Demenz

Dieses Kapitel bietet keinen Anlass für Scherze oder schwarzen Humor. Insofern fällt es hier etwas aus dem Rahmen. Das Thema Demenz ist jedoch derart dominant in der Pflege, dass dennoch etwas dazu gesagt werden muss.

Aus dem Lateinischen übersetzt heißt Demenz in etwa: ohne Verstand. Schon darin liegt eine gewisse Respektlosigkeit gegenüber den Betroffenen, und es trifft auch nicht den Kern der Sache.

Ich hatte einmal einen Kollegen, der aus Afrika stammte und den ich sehr wertgeschätzt habe. Einmal erzählte er mir, wie ein Freund ihm empfohlen hatte, sich in einem Pflegeheim zu bewerben, und dass er sich zunächst nichts darunter vorstellen konnte. In seiner Heimat war es nicht üblich, Senioren außerhalb der Familie zu pflegen. Auch das Phänomen der Demenz, das in den Industrieländern in einer bestimmten Altersgruppe fast den Charakter einer Volkskrankheit erreicht hat, trat in seiner Heimat vielleicht bei einem oder zwei Mitgliedern einer Gemeinde auf.

Obwohl ich kein Arzt bin, kam mir die Idee, dass die Lebensumstände von alten Menschen möglicherweise ebenso Einfluss auf die Entstehung dieser Krankheit haben, wie die Genetik. Das Gefühl, nützlich zu sein und gebraucht zu werden, könnte einer Demenz das Leben schwer machen. Es gibt einen Erklärungsansatz, nach dem ein Mensch, wenn er sein Leben nicht mehr erträgt, „in seine Demenz geht".

Obwohl es selbst uns Profis manchmal seltsam vorkommt, kann man mit Sprache Haltung ausdrücken. So sprechen wir nicht von „Dementen", sondern von „Menschen mit einer Demenz"; man würde ja auch nicht sagen „der Nierenstein in Zimmer 5" oder „der Herzinfarkt in Zimmer 6".

Bewohner, die orientierungslos das Haus verlassen, haben nicht mehr eine „Weglauftendenz", sondern eine „Hinlauftendenz"; sie laufen nicht vor uns weg, sondern zu einem Ort hin, mit dem sie emotional verbunden sind.

Gefühle sind etwas, das auch den schwer an Demenz erkrankten Menschen lange erhalten bleibt. Natürlich können sie diese nicht mehr kontrollieren und steuern, aber auf dieser Ebene bleiben sie lange Zeit kontaktierbar. Auch Musik und Gesang bleiben erstaunlich lange präsent; selbst Bewohner, die keinen verständlichen Satz mehr sprechen können, stimmen bei bekannten Melodien in den Gesang ein und singen fehlerlos mit, Strophe für Strophe. Was wir Pflegenden, auch pflegende Angehörige, niemals erwarten dürfen, ist ein „normales" Verhalten und Funktionieren. Das wird zwangsweise zu Frustration aufseiten des Pflegenden und aufseiten des Erkrankten führen. Versucht man dagegen, den Erkrankten mit seiner Persönlichkeit wahrzunehmen, hat man eine Chance. Und ist es wirklich wichtig, dass der Erkrankte sich zu einer „normalen" Uhrzeit wäscht (oder waschen lässt), ob er zu den „normalen" Uhrzeiten isst und dass das Hemd danach einen Fleck hat?

Ich denke, dass wir alle hier noch viel Raum nach oben haben. Dabei ist es unerlässlich, dass Angehörige und auch Chefs bereit sind, den Fleck auf dem Hemd zu ertragen. Natürlich ist es für liebende Angehörige schwer zu ertragen, dass Vati seine Zähne nicht tragen will und Mutti nun schon drei Hörgeräte im Klo versenkt hat. Für die Bewohner sind diese Dinge oft nur ein Fremdkörper, der sie stört und entsorgt wird.

Auch „Mein" und „Dein" verlieren für Demenzkranke irgendwann ihre Bedeutung. Ohne böse Absicht wird mitgenommen und sicher verwahrt, was auch immer ansprechend aussieht und beweglich ist. Es macht keinen Sinn, die Pflegenden deswegen zu beschuldigen, ob sie nicht besser aufpassen können.

Ein Tipp für die Arbeitgeber: Drei Pflegekräfte auf 30 schwerstdemenzkranke Bewohner ergeben keine befriedigende Pflege, egal, wie man es dreht und wendet! Wenn man sich entschließt, explizit Menschen mit einer Demenz zu betreuen, sollte man auch die Rahmenbedingungen dafür schaffen. Dafür muss man sicher ein paar Auflagen erfüllen, hat dann aber eine vernünftige Ausstattung an Personal und Mitteln.

Was man erlebt, wenn so ein Bereich wie ein normaler Bereich geführt wird, ist ohne Übertreibung für Pflegende und Bewohner die Hölle auf Erden – und das meine ich wörtlich.

Dreißig Bewohner, die sich nicht aus dem Weg gehen können, jeder in seiner eigenen Welt gefangen und unfähig, seine Umwelt objektiv wahrzunehmen. Der eine schreit, zwei andere singen lauthals, wiederholen unaufhörlich dasselbe Wort, sie stürzen, weil sie ihre Kräfte nicht mehr einschätzen können, während ein weiterer seinen eigenen Stuhlgang kaut. Die neun Kreise der Hölle …

Übrigens zum Thema Hinlauftendenz: Zum Glück ist die Unsitte vom Tisch, auf dem Außengelände der Pflegeeinrichtung eine gefälschte Bushaltestelle samt Bank aufzustellen, um die an Demenz Erkrankten am Hinlaufen zu hindern. Natürlich kommt niemals ein Bus; allerdings vermittelt das auch einen Hauch Normalität, bei der sprichwörtlichen Pünktlichkeit des ÖPNV…

Auch Obst-Dekoration aus Plastik, alternativ aus Filz, hat sich als fatal erwiesen. Dann doch lieber mal echtes Obst, liebe Küche.

Besonders genossen haben wir, als die Kollegen der Beschäftigung mit einer Gruppe sehr schwerhöriger Bewohner „stille Post" spielte. Damit könnte man ein eigenes Buch füllen. Für diejenigen, die mehr an PC-Spiele gewöhnt sind: Dabei flüstert in einer Reihe von Spielern der erste dem zweiten einen Satz zu, den dieser an seinen Vordermann weiterflüstern muss, und dann immer so weiter, in der Erwartung, dass durch Missverständnisse lustige Sätze entstehen …

Funktioniert in Theorie und Praxis.

Übrigens: Wenn die Bewohner mal Schaum vor dem Mund haben, ist das in der Regel nicht die Tollwut. Meist genügt es, den Bestand an Kukident-Brausetabletten zu kontrollieren.

Nomen ist nicht immer gleich Omen. Neben Frau Müller wohnt nicht Herr Toilette, nein, das ist die Herrentoilette. Verwirrt nicht die Verwirrten.

Besondere Kollegen

Ich hatte in der Vergangenheit eine ganz besonders tolle und fähige Kollegin. Alle Bewohner, die sie versorgt hatte, sahen super sauber und richtig toll gepflegt aus. Die Fingernägel kurz und sauber. Männer und auch Damen waren gründlich rasiert. Die trockene Haut schön gecremt. Die Kleidung passte und sah schick aus (also nicht gestreifte Hose und geblümte Bluse), Haare frisch gewaschen und schön onduliert. Egal welchen Bewohner sie versorgt hatte: Er/sie sah aus wie aus dem Ei gepellt. Eine Bewohnerin mit besonders feinem Haar hat sie geduscht, Haare gewaschen und geföhnt. Sie gab sich besonders viel Mühe. Sie schob die Bewohnerin in den Speisesaal, denn es gab Frühstück. Sie stellte ihr ihre Weißbrote mit Marmelade und ihre Milchsuppe hin und sie fing an zu essen. Die Kollegin drehte sich kurz um und sah nur noch, wie diese sich mit beiden Händen die Milchsuppe wie Haargel in die Haare schmierte. Glauben Sie mir, dieser Blick meiner fassungslosen Kollegin. Ich habe Tränen gelacht.

Pflege zu Zeiten von Corona

Ihr lieben Angehörigen, mein Herz schlägt mit Euch.

Ich liebe meine Schwiegereltern mehr als alles auf der Welt, und ich musste wegen Corona lange Zeit darauf verzichten, sie zu sehen. Die Coronazeit hat die Welt stillstehen lassen und Ihr wart nun sehr verunsichert, was mit Euren Lieben geschieht. Es bestand absolutes Besuchsverbot. Wir waren alle verunsichert!!! Wir Pflegekräfte wussten leider auch nicht mehr und hatten genau so Angst wie Ihr. Eure Sorge: Ist mein Vater oder Mutter an Corona erkrankt oder ist er morgen eventuell krank. Hat er/sie alles, was er/sie braucht … Dazu kommt, welchen Ruf die Altenheime im Allgemeinen haben. Es war eine Situation wie zu Kriegszeiten. Die Stille war unheimlich. Ich habe eine schöne Information für Euch Angehörige: Wir sind meistens nette, freundliche und durchaus emphatische Lebewesen, die alles versuchen, unseren Bewohnern das tägliche Leben so schön und so gut zu gestalten, wie es möglich ist. Ich muss zwar ehrlich dazu sagen: Wir können Ihre Angehörigen nicht so lieben, wie Sie es tun. Letztendlich sind es Ihre Familienmitglieder, ich hoffe, Sie verstehen das. Aber wir versuchen mit fachlicher Kompetenz und ganz viel Empathie, was möglich ist.

Ich gebe zu, da sind so ganz liebe, süße, freundliche Bewohner dabei, wo uns dies leicht fällt, aber es gibt auch Menschen, die es uns nicht so einfach machen, sie wertzuschätzen und mit ihnen mitzufühlen. In ihrer Abhängigkeit von Pflege werden manche Menschen verbittert und sind im Alltag nicht immer leicht zu betreuen. Manchmal legen sie ein Verhalten an Tag, das schwer zu ertragen ist: von verbalen Beschimpfungen, Anspucken bis Schlagen – es kann buchstäblich alles passieren. Bedürfnisse, die uns im Anblick des Großen und Ganzen nachrangig erscheinen, stehen für manche absolut im Vordergrund. Was interessiert es manche, dass ein anderer Bewohner um sein Leben kämpft, wenn sie ihre Tageszeitung noch nicht haben?

„Wo ist sie?", und schon geht das Rotieren los. Von Wohnbereich zu Wohnbereich bis hin zur Beschäftigung, Haustechnik und Verwaltung ... wenn es besonders gut läuft, suchen die PDL und der Chef mit. Das erfreut doch das Herz.

Wir versuchen jeden Tag aufs Neue, alle Wünsche und Bedürfnisse zu erfüllen. Wir wollen unsere Bewohner ja zufriedenstellen. Und wenn es dann besonders gut für diese Bewohner läuft, zerreißen sie sich draußen das Maul über Mitarbeiter, die entweder zu dünn oder zu dick sind ...

Wohlbemerkt, einige haben selbst 100 kg auf den Rippen.

Und nun zum eigentlichen Highlight ... die Haustürklingel. Ich habe dabei tatsächlich die absolute A...karte gezogen. Überall am Haus wurden sämtliche Eingänge verschlossen mit der Information:

„Betreten verboten, bitte klingeln Sie am Haupteingang oder rufen Sie uns unter folgender Nummer an." Yeeeaaahhh, Hurrrraaa. Nun raten Sie mal, auf welchen Wohnbereich ich arbeite ... meine Begeisterung schlug Wellen:

Direkt am Haupteingang. Ich weine :-(((((

Das Prozedere während des Lockdowns am Haupteingang heißt wie folgt: Niemand darf das Haus betreten, außer Ärzte und Kollegen, die zum Dienst kommen. Die, die das Haus betreten, müssen natürlich den Ansprüchen des Gesundheitsamtes Genüge tun. Eine Menge an Zettellage ausfüllen und wir ... alle Mitarbeiter ... sollten darauf achten, dass dies auch geschieht. Vielen Dank für diese vertrauensvolle Aufgabe! Bäääääähhhhh!

Täglich lieferten sämtliche Angehörige und Lieferanten Tüten um Tüten bei uns ab und wir mussten zusehen, dass alles da landet, wo es landen sollte. „Bitte bestellen Sie Mutti/Vati ..." usw.

O. K., diese Situation war schon schwierig, aber dann kam das mit den Lockerungen...

Bewohner, die im Sterben lagen – oder wie wir es nennen, Palliativpatienten waren – hatten Sondergenehmigungen vom Chef. Die Angehörigen durften unter hygienischen Auflagen den Wohnbereich betreten. Sämtliche Besuche sind 24 Stunden vorher anzumelden. Warum?

Das kann ich Euch erklären. Vater oder Mutter im Rollstuhl? Es wird alles mobilisiert, was einen Puls hat, aber die Bewohner können nicht den ganzen Tag im Rollstuhl sitzen. Wir versuchen, physiologische Tageszeiten einzuhalten. Das heißt, morgens raus und nach dem Mittag ins Bett. Zum Kaffee, wenn möglich und gewollt wieder raus aus dem Bett und nach dem Abendbrot wieder rein ins Bett. Unser Wohnbereich umfasst 54 Pflegeplätze und nun stellen Sie sich vor, viele davon in den Rollstuhl zu mobilisieren. Manche müssen mit Lifter umgesetzt werden, weil sie zu schwer sind. Und das dann mal einfach eben so, weil Sie unangemeldet erscheinen. Besonders gerne zur Kaffeezeit, wo Kaffee und Kuchen an alle verteilt werden.

Und wenn Sie aus Timbuktu kämen, mein Mitleid hält sich in Grenzen, wenn ich Ihnen sage ... nein!

Und hier geht die Chose erst richtig los und ich beschreibe nur mal einen Tag in dieser Situation.

Es fing schon im Bus auf dem Weg zur Arbeit an. An einer Haltestelle stieg ein altes Ehepaar ein. Er zu Fuß, sie mit Rollator. Beide ordnungsgemäß mit Mundschutz, und auch die Nase mit bedeckt. Er setzte sich vorne direkt hinter den Busfahrer und sie, vermutlich schwerhörig, setzte sich auf die Sitzfläche ihres Rollators. Der Busfahrer fuhr nicht los und sagte kein Wort, ließ aber eine Ansage abspielen. Diese hatte den Inhalt, dass der Rollator kein Sitzplatz wäre und dass man sich bitte auf einen richtigen Platz zu setzen hätte. Sie hatte wohl nur so ein bisschen gehört, quäkte mit grauenvoller Stimme: „Erwin, Du musst den Mundschutz über die Nase ziehen!" Der Busfahrer spielte das Band aufs Neue ab und sie quäkte, diesmal mit herrischer, wütender Stimme, ziemlich erbost über vermeintliche Trotteligkeit ihres Mannes: „Erwin, Du musst den Mundschutz über die Nase ziehen."

Nach einer gefühlten Ewigkeit hatte der Ehemann wohl ein Einsehen und ging von vorne nach hinten zu seiner Gattin und grölte, wohl wissend, wie taub sie war an, sie möge sich doch bitte jetzt einen richtigen Sitzplatz zu suchen. Sie quäkte: „Nein, ich will nicht."

Der Gatte grölte ihr nun zu, dass der Busfahrer nicht weiterfahren würde. Sie hatte dann die Einsicht und setzte sich. Und ich dachte: *Na, der Tag kann ja heiter werden!*

Ich habe Spätdienst und beginne meinen Dienst um 13:00 Uhr ...

Ding-Dong. (Dieses Ding-Dong, das ich hier beschreibe, ist hier tatsächlich ein Ding-Ding-Ding-Ding-Dong-Dong-Dong-Dong.) Raten Sie mal, wie sich das anhört, wenn der Knopf mehrmals betätigt wird. Ich erspare Ihnen dies und erwähne hier nur: Ding-Dong. Ich gehe an die Tür.

PS: Das Klingeln hört erst dann auf, wenn ich zur Tür gehe. Besuch für Fr. N. Okay, ich frage: „Welcher Wohnbereich?"

Ding-Dong.

Antwort von denen: „Keine Ahnung", also los geht die Suche und ich rufe sämtliche Wohnbereiche an, wo Fr. N. wohnen könnte. Gefunden und darauf aufmerksam gemacht, was zu beachten und auszufüllen ist.

Ding-Dong.

Um 13:00 Uhr bekomme ich erst einmal eine Übergabe.

Ding-Dong.

... ein Kollege geht zur Tür ... was hat sich in der Nacht oder im Frühdienst ereignet? Wir besprechen alles Mögliche: Was war gestern, wie geht es demjenigen heute? Wir versuchen, wie ein Zahnrad zu funktionieren.

Ding-Dong.
Wieder geht ein Kollege. Wenn wir das geschafft haben, bereite ich die Medikamente für ca. 50 Bewohner vor. (Wir sind z. Zt. nicht voll belegt).
Ich gebe zu, ich gehöre zu den Menschen, die auf Genauigkeit achten. Ich muss mich …
Ding-Dong.
… konzentrieren :-(((
Ding-Dong.
Ein besonders gut gelaunter Gast … sie möchte ihren Mann besuchen. Sie hat ein zauberhaftes Wesen.
Ding-Dong.
Ich frage sie, wo sie sich mit ihrem Mann treffen möchte. Möchte sie mit ihm raus in die Sonne oder in den vom Heim vorbereiteten Raum mit Trennwänden? Sie äußerte giftig: „Weder noch!" Sie wolle mit ihm auf sein Zimmer, weil der Raum mit den Trennwänden für sie zu kalt wäre.
Ding-Dong.
Da wäre es ja kälter als draußen, und eine Kollegin, die vorbeikam und die Situation erkannte, äußerte freundlich: Dann gehen Sie doch raus. Nein, sie wollte ins Zimmer. Ich verneinte dies und sie wollte die Obrigkeit sprechen, also rief ich dort oben an und sie hatte keine Sondergenehmigung, und ich setzte die Situation durch. „Wenn sie nicht raus wollen, dann begeben Sie sich jetzt bitte mit Mundschutz in den mit Trennwand vorbereiten Raum. Eine Kollegin holt Ihnen zwei Wolldecken." Ich traf diese Besucherin häufiger und ihre Laune wurde nicht besser. Ich gebe zu … meine auch nicht.
Ding-Dong.
Weiter Medikamente stellen.
Ding-Dong.
Ich äußere mich jetzt nicht, wie oft zusätzlich das süße kleine Telefon zwischendurch bei mir klingelt. Ich freue mich heimlich, wenn es mir runterfällt.

Dann ist es erst mal leer und ich kann das gute Stück auf die Ladestation stellen. Und dummerweise hat sich da noch etwas auf meinem Schreibtisch breitgemacht ... Etwas vom bedrohten Geschöpf (PDL): drei Pflegevisiten. Sie hat allen Grund, sich bedroht zu fühlen. Es ist ca. 14:30 Uhr und alle Pflegekräfte sind mit Kaffee und Kuchen verteilen, Anreichen von Mahlzeiten und Getränken beschäftigt.
Ding-Dong.
Eine Angehörige mit ihrem Vater im Rollstuhl vor der Tür. Sie ist gerade erst mit ihm raus. Ich gehe davon aus, dass der Besuch schon beendet ist. Irrtum. ...Vati muss mal auf die Toilette. Da es kein Bewohner von meinem Wohnbereich ist, rufe ich auf dem entsprechenden Wohnbereich an, dass Vati auf die Toilette möchte und dann wieder runtergebracht werden soll. Das Schnauben der zuständigen Pflegekraft war nicht zu überhören. Diese trollt mit Vati von dannen und ich sehe sie zehn Minuten später, wie sie Vati wieder zum Ausgang zur Tochter schiebt. Ca. 30 Minuten später klingelt diese Angehörige wieder. In dieser halben Stunde hat die Klingel noch fünfmal geklingelt.
Ding-Dong.
Ah, denke ich, *nun ist der Besuch beendet.*
Ich hole Vati herein und die Tochter äußerte: „Ich habe für meinen Vater noch ein Radio gekauft, das liegt im Auto. Ich gehe es eben holen und bringe dann noch das Radio." Fünf Minuten später ...
Ding-Dong. Das Radio.
Weiter mit den Medikamenten.
Plötzlich steht der Hausmeister verzweifelt bei mir im Dienstzimmer. Er äußerte, dass unten im Besuchsraum eine Frau mit ihrem Mann ohne Trennschutz und Mundschutz sitzt. Er hätte sie darauf aufmerksam gemacht und diese keifte ihm böse Worte hinterher. Er bat mich, die Situation zu klären. Ich ahnte schon, wer das ist. Dieses zauberhafte Wesen von Ehefrau, die unbedingt ins Zimmer ihres Mannes wollte. Also taperte

ich leise nach unten und linste um die Ecke. Und sah sie, sie hatte sich inzwischen weiter weggesetzt und hatte den Mundschutz hochgezogen. Ich wollte mich gerade wieder von dannen schleichen, als sie mich dann doch entdeckte. Shit … sie keifte mir in ziemlicher Lautstärke hinterher, dass sie sich an die Auflagen halten würde und ich sie nicht zu kontrollieren hätte. Was für ein charmantes Wesen!

Oh, und was für ein Wunder, es hat in den letzten fünf Minuten niemand geklingelt. Inzwischen ist es fast 15:30 Uhr und ich habe, trotz widriger Umstände, die Medikamente für Abend und Nacht fertiggestellt. Jetzt ist Pause angesagt und eine schöne Zigarette. Wussten sie schon, dass Pflegekräfte nach Meinung von einigen eigentlich keine Pause haben dürften?! Wir teilen uns die Pausen so ein, dass immer jemand auf der Station verbleibt und die Bewohner versorgt: und natürlich zur Klingel geht.

Da ich die Schichtleitung bin, bin ich leider auch Herrscher über das Telefon. Dieses hatte sich inzwischen etwas aufgeladen. Die Zigarette gerade angezündet, klingelt das Telefon. „Schönen guten Tag, hier ist Herr B. und ich möchte gerne meine Frau sprechen!" Aber natürlich, Herr B. Also Zigarette beiseite und ich laufe die Gänge lang bis zum Zimmer von Fr. B. und gebe ihr dieses. Ich lasse den beiden etwas Privatsphäre und lasse das Telefon bei ihr. Zurück zu meiner Zigarette. Fünf Minuten später bringt mir mein Kollege ein triefendes und tropfendes Telefon wieder. Was war passiert? Fr. B. mit beginnender Demenz war der Meinung, sie müsse das Telefon in ihrem Wasserglas versenken. Oh, wie schade! (Hihihihihi)

Gegen 16:00 Uhr ist die Pause vorbei und ich begebe mich zurück auf den Wohnbereich, mit der Suche nach einem funktionstüchtigen Telefon, denn wehe der Chef kann uns nicht erreichen, und natürlich zurück zur Klingel. Ich erledige anfallende Telefonate und versuche, sofern es die Situation zulässt, an unserer Dokumentation zu arbeiten.

Ding-Dong. Es steht ein Lieferant vor der Tür. Er hat viele Pakete zu liefern. Da er das Haus nicht betreten darf, nehme ich alles entgegen und quittierte die Lieferung. Es war sämtliches Zubehör für eine PEG (Magensonde) und für den ganzen Monat Sondenkost. Nicht für unseren Wohnbereich, aber der Name kommt mir bekannt vor, und ich wusste, wohin damit.

Ding-Dong.

Da es inzwischen nach 17:00 Uhr ist, rufe ich den Wohnbereich, für den die Lieferung ist, nicht an, um diese Uhrzeit werden die Tabletten verteilt, Blutzucker gemessen und Insuline gemacht und ich wusste, die Kollegen haben keine Zeit.

Ding-Dong.

Die anderen Kollegen beginnen mit Abendbrot. Gegen 18:00 haben die Letzten ihr Abendbrot erhalten. Also lasse ich die ganzen Pakete dort stehen und verteile die Medikamente an meine 50 Bewohner. Damit ist man dann erst einmal beschäftigt und gegen 18:20 Uhr bin ich dann durch damit. Fragen Sie mich nicht, wie oft es geklingelt hat. Gegen 18:00 Uhr ebbt das ganze Geklingel der Haustür ein wenig ab. Dafür klingelt mein Telefon mal wieder. Lieferung der Apotheke ist da und kann abgeholt werden. Die einzige Lieferung, die nicht bei mir abgegeben wird. Also schnappe ich mir einen leeren Rollstuhl und lade zumindest schon mal die sechs Kisten Sondenkost, die immer noch beim Eingang stehen, auf.

Mit voll beladenem Rollstuhl hole ich die Lieferung der Apotheke ab.

Weiter geht es mit der Lieferung der Apotheke, Medikamente nachstellen, Dokumentation usw. und ich merke, dass ich so langsam etwas sehr herbeisehne. Sie werden es nicht glauben, aber es ist so: Ich sehne mich nach der Klingel, denn diese sagt mir so gegen 19:30 Uhr, dass der Nachtdienst vor der Tür steht und ich bald raus in den Feierabend zu meinen Lieben, aber auch raus aus dieser Irrenanstalt kann.

Sie werden lachen, aber ich lag morgens in meinem Bett und höre ein

Ding-Ding-Ding-Ding-DingDing

und sage zu meinem Mann: „Ich glaube, ich habe Halluzinationen, ich höre die Klingel."

Er äußerte trocken, dass irgendein Fahrzeug rückwärtsfährt und diesen blöden Piepton von sich gibt.

Chefs

In all den Jahren habe ich lustige, etwas verrückte, teilweise sehr liebe und sehr komische Chefs angetroffen. Diese speziellen beiden Chefs waren alles auf einmal. Sie waren immer gut für lustige Anekdoten. Sie waren völlig von Hunden besessen. Sie liebten die kleinen Chihuahuas. Als ich mich dort bewarb, liefen dort fünf davon umher. Naja, sie haben mich genommen, und ich fing in diesem Altenheim als Pflegekraft an. Der Chef war gerade nicht im Hause, und ich muss betonen, dass es ein sehr kleines Altenheim war (28 Bewohner, verteilt auf zwei Häuser). Der Chef wohnte oben im Haus und die Straße runter wohnte sein Bruder. In einem Bewohnerzimmer, das gerade nicht bewohnt wurde, fand ich eine Jacke auf dem Boden bei der Heizung. Auf der Jacke hatte sich eine kleine Hündin mit ihrem Baby eingekuschelt. Die Hündin erkannte die offene Tür als Chance und rannte los. Und weg war sie. Und ich dachte nur: *Mist!* Auf der Jacke lag nun, ein nur ca. 10 cm kleines Hundebaby, das nun leise fiepte. *Oh Gott*, dachte ich, *was mach ich jetzt?* Chef immer noch außer Haus. Ich musste doch mich um die Bewohner kümmern, und kann doch das kleine Hundebaby nicht da so allein liegen lassen. Doch dann hatte ich eine Idee. Ich hatte ein weißes Kapuzenshirt an, ich zog dies verkehrt herum an, sodass die Kapuze vorne war. Ich legte das kleine Hundebaby in meine Kapuze und konnte nun meiner Arbeit nachgehen. Das Baby hatte inzwischen aufgehört zu fiepen und schlief ruhig. Zwei Stunden später stand plötzlich mein völlig aufgelöster Chef vor mir und erzählte mir, dass seine kleine Hündin und ihr Baby weg wären. Ich äußerte, dass ich keine Ahnung hätte, wo die Hündin ist, die wäre ausgebüxt, aber das Baby wäre hier bei mir, und öffnete meine Kapuze. Die Gesichtszüge vom Chef schmolzen dahin, als er das Baby sah. Er war sehr erleichtert und äußerte, die Hündin war wohl bei seinem Bruder gelandet. Gott sei Dank. Chef war nicht böse. Dieses kleine süße Hundebaby trug ich noch häufiger bei mir und es entwickelte sich eine echte Freundschaft zwischen uns.

Derselbe Chef nur ein paar Monate später. Es sollte eine Besichtigung für ein Zimmer stattfinden und Chef äußerte, ich solle ihn oben anrufen, wenn die Herrschaften im Hause wären. Gesagt, getan. Der Herrschaften waren da und ich rief oben an. Ich servierte eine Tasse Kaffee und der Chef kam die Treppe herunter. Die Blicke der Besucher und wohl auch meine waren bestimmt bühnenreif. Ich hörte förmlich das Aufschlagen der Kinnladen der Besucher, denn der Chef stand vor uns in Hausschuhen. Hausschuhe im Tigerkrallenoutfit.

Ich gebe zu, es gab dort Tage, wo ich kaum aus dem Lachen herauskam. Den einen Tag kam ich zum Dienst und mein Chef saß vor dem Haus, hoch oben in einer riesigen Birke. Er war bewaffnet mit einer Kettensäge. Ich äußerte meine Besorgnis, dass er runterfallen könnte. Aber es kam noch besser, er fing an, an einem Ast zu sägen. Ich grölte nochmal nach oben und fragte, ob das sein Ernst sei, an dem Ast zu sägen, auf dem er saß?!

An einem Tag musste eine Bewohnerin zum Arzt. Unsere PDL entschied, dass er sie dort hinbringen und begleiten würde, jedoch wollte er sie partout nicht in sein Auto setzen. Die Bewohnerin war völlig mobil, neigte aber teilweise zu dramatischen Durchfällen. Er wollte das seinem Auto nicht antun. Alles klar, meinten Gebrüder Chef: „Dann nimmst Du eines von unseren." Ich muss dazusagen, dass meine Chefs einen Hang zu amerikanischen Autos hatten. Der eine fuhr einen Van, gut für Großeinkäufe, der andere einen kirschroten Tans-M von Pontiac gut für …was auch immer. Da ein Großeinkauf erledigt werden musste, blieb also nur der Trans- M.

Gesagt, getan.

Die PDL fuhr mit diesem kirschroten Sportwagen und der Bewohnerin los und kam nach vier Stunden völlig genervt und angefressen zurück. Er war in eine Polizeikontrolle geraten und hatte natürlich die Fahrzeugpapiere für den Trans-M nicht dabei. Er erklärte, dass das Auto seinem Chef gehören würde und er mit der Bewohnerin zum Arzt müsse.

Altenheim-Patientin im roten Sportwagen zum Arzt fahren. Der Polizist fühlte sich wohl ein wenig verkackeiert, und äußerte: „Mhhh, und ich bin der Kaiser von China." Sie vollzogen dann noch eine genauere Personenkontrolle und riefen im Altenheim an, um sich diese Geschichte bestätigen zulassen.

Meine Chefs hatten jeder für sich einen großen Käfig mit Kaninchen hinten im Garten. Natürlich absolut zum Verzehr geeignet, besonders wenn sie vorher in Buttermilch gebadet hatten. Naja, unsere PDL, die sich mit der Zucht auskannte, unterstützte sie dabei. Was er besonders gern tat, war, einen riesengroßen Rammler von A nach B zu transportieren, um die Kaninchendamen beglücken zu lassen. Dieser Riesenrammler hatte natürlich auch ein Riesengewicht. Also schnappte er sich einen Bollerwagen und zog das Corpus Delicti von A nach B. Bei diesem Anblick muss ich gestehen, hat seine Autorität ein wenig gelitten.

Den einen Tag kam ich zum Frühdienst und ging in die Küche. Sah aus dem Fenster zum Garten hin und dachte, mich trifft der Schlag. Der ganze Garten voll mit weiß-grauen Federn und an der Wäscheleine hingen zwei riesige tote Gänse, aufgehängt an ihren ausgebreiteten Flügeln. Die PDL hat sich wohl einen Scherz mit unseren Chefs erlaubt. Diese wollten unbedingt mal selbst Gänsen die Federn rupfen und dann frisch zubereiten. Der Scherz bestand darin, dass dies Wildgänse waren, die ihre Federn nicht so leicht hergeben. Sie haben dies wohl stundenlang versucht und dementsprechend sah der Garten aus.

Nach dem ersten Schreck kam gleich der nächste: Ich ging in die Speisekammer und dort lag ein riesiges, borstiges, komplettes Wildschwein, was sie zerlegen wollten.

Trotz der vielen Federn liebte mein Chef seinen Garten. Er konnte dort gut abschalten. Abgesehen von den vielen Bierkisten und dem völlig kaputten Toilettenstuhl an der Hausecke, hegte und pflegte er seinen Garten und Blümchen. Einmal wollte ich ihm, als er im Urlaub war, eine Freude machen und den Rasen mähen. Leider war der Rasenmäher zu tief eingestellt und es sah wochenlang im Garten so aus, als wäre ein Komet darin gelandet. Sorry, Chef.

Eines Tages kam der Chef zu mir und fragte mich, ob ich seine Dahlien gesehen hätte. Dahlien? Blumen? „Nein, habe ich nicht gesehen", äußerte ich wahrheitsgetreu. Er erklärte mir, dass das so trockene Wurzeln, genannt Rhizome, waren, und er sie im Keller trocken in kleinen Holzkisten aufbewahrt hatte. Mir schwante da was, ich schüttelte aber den Kopf und ging meiner Arbeit nach. Ich hörte ihn im Keller rotieren und suchen und da fiel es mir ein. Ich versteckte mich erstmal in der Speisekammer, denn ich hatte das Gefühl, dass er mir vermutlich gleich den Hals umdrehen würde.

Leider konnte ich mich ja nicht ewig in der Speisekammer verstecken, also schlich ich raus und wollte in die Pflege gehen, als ich dann doch meinem Chef in die Arme lief. Mist, Mist, Mist. „Sagen Sie mal … Sie haben doch vor ca. drei Wochen den Keller aufgeräumt?" Ich nickte. „Da haben Sie doch bestimmt diese Kisten mit den Wurzeln gesehen?" Ich nickte, und wechselte die Gesichtsfarbe von blass auf kirschrot. Und wo haben sie sie hingestellt? Mein Gesicht wurde länger und schuldbewusst. „SIE HABEN SIE WEGGESCHMISSEN?" Ich nickte. Ich erwähne jetzt nicht, wie lange ich mir das anhören musste.

Jahre später, inzwischen hatte er neue Dahlien, die nun wunderschön in der Sonne blühten. Ich hatte Kaffee und Kuchen für die Bewohner draußen im Garten eingedeckt. Ich war dabei, die Bewohner rauszuholen, als er mich rief. Ich rannte zu ihm in die Küche und sah aus dem Fenster zum Garten, wie eine Bewohnerin sich ein wenig hinhockte, die Hose runterzog und seine Dahlien düngte. „Halten sie sie auf … nein. Doch. Oh." Sein Gesicht war tief betroffen. Trotzdem habe ich den ganzen Tag über sein Gesicht gelacht.

Es ist jetzt ungefähr 30 Jahre her, als ich mit der Altenpflege anfing. Ich war gerade ein paar Tage dort in der Pflege tätig, ich trug noch einen richtigen hellblauen Kittel mit weißer Schürze als ein Anruf kam. Es war das nächstliegende Polizeirevier. Eine desorientierte Bewohnerin war aufgefunden worden, und sie fragten an, ob sie eine von uns wäre. Ich schaute meine Chefs an und diesen nickten und zogen genervt die Augenbraue hoch. Ich ahnte noch nicht, warum. Meine Chefs sprachen mit der Polizei und versprachen, gleich zu kommen, um sie abzuholen. Und ich krähte: „Ich will mit, ich will mit." Und hüpfte vor Freude von einem Bein aufs andere, als die Chefs grinsend nickten. Also raus zum schönen Auto vom Chef. Ein Buick, der noch so schön nach Leder roch. Chef hatte auf dem Weg zum Auto ein Laken unterm Arm und ich in meinem jugendlichen Leichtsinn ahnte immer noch nicht, warum. Wir fuhren zum Revier und Chef meinte mit breitem Grinsen: „Gehen Sie ruhig rein, Sie machen das schon!" „Alles klar, Chef!", und ich rannte freudestrahlend, stolz, eine so wichtige Aufgabe machen zu dürfen, ins Polizeirevier. Ich erklärte kurz am Empfang, wer ich war und wen ich abholen wollte. Er dauerte nicht lange und eine Polizistin kam um die Ecke, wohlbemerkt mit einem Eimer Wasser, Schwämmen und Lappen bewaffnet. Ich schaute sie ungläubig an und sie meinte freundlich lächelnd, dass Fr. B. bei ihnen auf der Toilette ist und wohl so ein wenig Schwierigkeiten hätte. Sie drückte mir sämtliche Putzmaterialien in die Hand und zeigte mir den Weg zur Toilette. Sie öffnete netterweise die Tür, und dass mir nicht alles aus der Hand gefallen ist, war ein Wunder. Ich hatte sowas noch nie im Leben gesehen.

Der Geruch war schon der Brüller. Dass sich Fenster und Türen davon nicht von innen nach außen gewölbt haben, war ein Wunder. Es war ein von oben bis unten eigentlich in Weiß gekachelter Raum und mittendrin stand Fr. B. Sie hatte sich nicht ausgekleidet, um auf die Toilette zu gehen, und hatte massiv dünnflüssig abgeführt. Es quultschte an allen Ecken heraus. Sie hatte versucht, die Spuren des Malheurs zu beseitigen, und hatte sich mit ihrem Po immer an der Wand lang im gesamten Raum entlang geschubbert. Ich habe ein wenig gebraucht, um das Geschehene ungeschehen zu machen. Schweißgebadet, mit hochrotem Kopf verließ ich mit Fr. B das Revier zum Auto und zum Chef. Die Polizisten schauten mir voller Mitgefühl hinterher. Chef hatte freundlicherweise lächelnd schon mal die Autotür geöffnet und dort lag ausgebreitet das Laken, auf das Fr. B sich setzen konnte, und wir fuhren zurück. Das Auto roch nicht mehr lecker nach Leder. Und ich bin nie wieder mitgefahren.

Alle Kollegen lachten sich schlapp, als wir zurück waren.

Adieu, Du schöner Urlaub, Du warst viel zu schnell vorbei

Zwei Wochen Urlaub, herrlich. Das Problem ist nur: Je schöner der Urlaub war, desto weiter hat man sich gedanklich vom Alltagsirrsinn entfernt. Am ersten Arbeitstag nach dem Urlaub hat man Lust wie zwei, die keine haben. Egal, der Rubel muss rollen. Die Stimmung im Kollegium ist großartig: Zwei Kollegen sind krank, einer hat gekündigt und nimmt die letzten zwei Wochen Urlaub auf Krankenschein. Die Laune des Chefs ist entsprechend zwischen Null-Begeisterung und Spitzen-Gleichgültigkeit (manchmal möchte ich auch nicht mit dem Chef tauschen). Der Dienstplan ist ein Abbild der Notwendigkeit, die Schichten adäquat zu besetzen, und den menschlichen Bedürfnissen der Mitarbeiter.

Wechsel von Spät- auf Frühdienst, Vorhaben am Dienstwochenende, besondere Ereignisse in der Familie. Kaum zu machen. Im Endeffekt Unzufriedenheit auf allen Seiten. Spontanes Freinehmen wegen dringender privater oder familiärer Erfordernisse? Vergiss es, wie denn? Der Arbeitsmarkt bietet schlicht keine Möglichkeit, freie Stellen zeitnah zu besetzen. Da man die Frechheit hatte, zwei Wochen Urlaub zu nehmen, ist auf dem Wohnbereich unendlich viel liegen geblieben. Spätestens um 15:30 Uhr ist man wieder urlaubsreif. Hätte ich bloß keinen Urlaub genommen!

Chef ist nicht gleich Chef

Ein Chef ist mir besonders in Erinnerung geblieben; leider in keiner guten.

Er hatte den Begriff „Fake News" lange vor Donald Trump für sich entdeckt. Z. B. sollte ein normaler Wohnbereich in einen sogenannten „beschützten Wohnbereich" umgewandelt werden. Das heißt, der Wohnbereich ist mit Zahlen- oder Trickschlössern geschützt, damit Bewohner ihn nicht ohne Weiteres verlassen können. Da die Türen nicht rettungslos verschlossen sind, gilt er nicht als „geschlossener", sondern nur als „beschützter" Wohnbereich. Im Zuge der Umstrukturierung wurden nach und nach Bewohner ohne Demenzerkrankung gegen Bewohner mit Demenzerkrankung ausgetauscht. Im Ergebnis waren die verbliebenen Bewohner ohne Demenz einer sehr stressigen Situation ausgesetzt. Bewohner im Rollstuhl wurden an irgendwelche Orte geschoben, wo sie nicht hinwollten; Bewohnern wurden Bücher entrissen, die sie gerade gelesen haben, und so weiter. Bewohner und Angehörige der Bewohner mit und ohne Demenz waren sehr aufgewühlt. Auf einem der regelmäßig stattfindenden Angehörigenabende mit Heimleitung und allen Wohnbereichsleitungen versprach der Chef den Angehörigen für den neuen Wohnbereich einen Zugang nach draußen, sodass die an Demenz erkrankten Bewohner Bewegungsfreiheit hätten. Dumm war nur, dass der entsprechende Wohnbereich im zweiten Stock lag; ich stellte mir eine Plastikrutsche vor, wie im Freibad.

Dieselbe Heimleitung, dasselbe Haus. Es ist Silvester und alle Altenheime versuchen den Bewohnern, wohlbemerkt, um 18:00 Uhr eine tolle Silvester-Show zu bieten, mal abgesehen davon, dass viele von den Dementen Angst haben und denken, es sei wieder Krieg. Na ja, unser Held wollte sich persönlich um die Organisation kümmern, also wurde alles, was irgendwie ging und möglich war, unten im Erdgeschoß in den ganz großen Speisesaal gekarrt. Hier die Läufer, da die Rollis und da die Bewohner, die alle zwei Minuten auf die Toilette müssen, also am Ausgang. Es wurden Drinks und Schnobkram verteilt, so einige kauen vermutlich heute noch auf den hart gewordenen Kräckern. Na ja, und dann kam der große Moment. Wir hatten eine wunderbare große Glasfront und sie standen mit drei Mann draußen, um das Feuerwerk zu entfachen. Sie zündeten alles auf einmal an und zosch … alle Blicke und auch meine schossen in die Höhe. Und was sahen wir: eine Decke mit einem riesigen Kronleuchter. Der Trottel hatte Massen von Raketen angezündet und nicht bedacht, dass die Bewohner den Himmel von dort aus nicht sehen können.

Totenstille. Und ich stand mittendrin und hab mich weggeschmissen vor Lachen. Ich habe mich kaum wieder eingekriegt.

Der Chef war mal wieder ziemlich böse mit mir und fauchte mich an, dass ich gefälligst aufhören soll, zu lachen. War nicht möglich. Vielleicht hätte er ein wenig Bodenfeuerwerk anzünden sollen, das durch die Glasfront zu sehen gewesen wäre. Manchmal sehe ich ihn beim Einkaufen und habe das Gefühl, es riecht nach Würstchen.

Die Küche

Ein immer wiederkehrendes Problem in einem Altenheim ist die Küche. Entweder ist zu wenig da oder die Konsistenz hat unter irgendetwas gelitten. Mal abgesehen vom Salzmangel. Also an einer Natrium-Chlorid-Vergiftung wird man im Altenheim bestimmt nicht sterben. Milchsuppen kann man entweder mit Messer und Gabel essen oder mit Strohhalm schlürfen. Ich muss dazu sagen, dass es für die Küche auch nicht einfach ist, mit einem Budget von etwa fünf Euro pro Bewohner und Tag. Davon sollen vier Mahlzeiten plus Getränke finanziert werden. Leider wird zu wenig selbst frisch gekocht und alles im Konvektomaten zu Tode gegart. Sämtliches Fleisch ist dort zweimal gestorben. So etwas wie Leberkäse bekommt irgendeinen bläulichen Schimmer. Wenn ein Bewohner neu zu uns kommt, werden Essenskarten ausgefüllt. Brötchen oder Brot und wie viel. Wer einmal Leberwurst bestellt, bekommt sie dann bis zum Lebensende. Von besonderen Salaten bekommen wir dann ein Minischälchen für 30 Leute. Ich brauche nicht zu erwähnen, dass unter den Bewohnern der Futterneid ausbricht. Joghurts sind von der Menge her streng reglementiert. Beim Aufschnitt und Käse frage ich mich oft… wo haben sie dies her? Die gibt es in keiner Verkaufstheke zu kaufen. Richtige, fiese, schlimme Augenwurst. Feine Leckereien wie Schinken, Mett, Lachs gibt es nur selten und dann auch wieder für viele Bewohner nur ein kleiner Teller. Der Lachs ohne Sahnemeerrettich. Kartoffelsalat mit Würstchen ohne Senf und Ketchup. Stollen in der Weihnachtszeit ohne Butter. Einen Tag gab es frischen Spargel mit Schinken. Anbei lag ein Zettel für uns Pflegekräfte. Für jeden Bewohner drei Stangen Spargel, nur um den Versuch, noch etwas nach zu bekommen, schon im Keim zu ersticken. Fingerfood für unterernährte Bewohner: 15 kleine Schaumküsse für 30 Leute. Es wird gespart und gespart. Joghurt und Milch wird fettarm eingekauft, und wir versuchen verzweifelt, dass die Bewohner ein wenig zunehmen. Bei Festen, wo viele Besucher, vielleicht auch die Presse kommt, wird allerdings ordentlich aufgetischt. Eine Küche war der Meinung, sie müsse Grützwurst mit Sauerkraut mischen. Das Essen wurde aufgrund einer chemischen Reaktion lila. Birnen-Bohnen und Speck mit trockenen Bohnen, keine schlotzige Soße und auch keine Spur von Bohnenkraut. Eine Küche hat tatsächlich mal selbst gebacken; das ist leider nichts geworden. Der Kuchen war nur 2 mm hoch. Sie haben es trotzdem auf den Wohnbereich gegeben, anstatt des trockenen Mists, den sie sonst auch rausgeben.

Und nun zu den Getränken. Immer verfügbar sind Kaffee, Tee, Wasser, Brühe oder dieser selbst angerührte Saft. Wer gerne Cola, Fanta oder auch nur mal ein Glas Wein oder Bier trinken möchte, muss dies extra zahlen oder auf die nächste Feierlichkeit warten. Ich sage ja jetzt nicht, was eine Flasche Cola kostet. In jedem Supermarkt wäre sie über die Hälfte günstiger.

Es gibt allerdings auch tolle Köche und Küchen, ich hatte die Ehre, so eine besondere Köchin kennenzulernen. Sie war kein Morgenmensch und bewarf zu gut gelaunte Vögel morgens gern mal mit Kartoffeln („Der frühe Vogel kann mich mal!"). Sie hat vieles selbst frisch zubereitet, und wenn sie auf Konserven zurückgegriffen hat, wurden diese mit leckeren Soßen garniert. Sämtliches Fleisch war gut gewürzt und gebraten. Ich habe immer gedacht, sie macht selbst aus Sch… Sahne. Frische Kartoffeln wurden von den Bewohnern geschält, und es gab selbst gemachtes Kartoffelpüree. In fast allen Heimen gab es immer nur Pulverpüree (aus der Tüte). Sämtliche Kuchen mit frischem Obst wurden selbst gebacken, und auch da haben die Bewohner mitgeholfen, z. B. Pflaumen zu entkernen. Ein wichtiger Aspekt dabei ist aber auch der Chef. Er war gewillt, dies zu finanzieren. Er ist zum Einkaufen gefahren, manchmal unter Androhung einer Kündigung seitens der Köchin, aber er hat immer alles, was sie ihm aufgeschrieben hat, besorgt. Einen Tag bin ich eingesprungen. Köchin hatte Urlaub, Chef, der dann sonst kochte, war irgendwie schwer beschäftigt. Es war Freitag und was stand auf dem Menüplan: Fisch. Grüne Heringe. Also habe ich diese frisch gebraten. Kurz nach dem Mittag hatte ich Pause und ich habe einen Termin, bei meinem Zahnarzt, der direkt um die Ecke war, zur Paradentose-Behandlung wahrgenommen. Ich habe vermutlich gestunken, wie eine tote Forelle denn der Zahnarzt bat mich: „Tun Sie das nie wieder!"

Die Waschküche

Ein ewig leidiges Thema in Altenheimen ist die Waschküche. Sämtliche Bewohner und viele Angehörige werden dies bestätigen. Kleidungsstücke, die nicht zu Tode gekocht wurden, fielen dann dem Trockner zum Opfer. Viele Angehörige können es auch nicht sein lassen, Seidenhemden, Kaschmirpullover oder gute Wolldecken mitzubringen, um sich dann darüber aufzuregen, dass die Kleidungsstücke nur noch einem Baby passen und die gute Wolldecke sich nur noch als Babydecke eignet. Zehn Paar neue Socken und T-Shirts gekauft und in den Schrank gelegt. Natürlich haben alle Wäschestücke noch keine Namensschilder und verschwinden dann im Nirgendwo. Socken werden auch von unserer Waschmaschine aufgefressen, so wie bei Ihnen zu Hause auch. Aber selbst gekennzeichnete Wäsche verschwindet, und, liebe Angehörige, wir Pflegekräfte haben die Wäsche von ihren Lieben nicht an. Leider wird die Wäsche falsch wegsortiert. Namen, die mit H anfangen, landen oft im falschen Schrank, der auch mit H anfängt. Wir haben viele fleißige Kollegen in der Wäscherei, die jedoch nicht richtig lesen können oder wollen.

Eines Tages wurde ein neues System in meinem damaligen Betrieb eingeführt, um die schmutzige Wäsche einzusortieren, um größere und weitere Wäschekatastrophen ein wenig in den Griff zu bekommen. Statt drei verschiedenen Säcken gab es jetzt fünf. Es gab vorher auch noch eine Fortbildung darüber. Wie gut, dass wir nicht alle selber Hausfrauen waren, nur viele davon kein Deutsch sprachen und nur die Hälfte verstanden. An einem Tag hatte ich Frühdienst mit Leuten von der Zeitarbeit, weil der Personalmangel mal wieder hoch im Kurs war. Sie waren fleißig und nett, sprachen jedoch wieder nur wenig Deutsch. Sie hatten keine Fortbildung erhalten und sortierten die Wäsche völlig falsch weg. Ich war selbst komplett in der Pflege beschäftigt und versuchte, alles zu koordinieren, damit auch ja kein Bewohner vergessen wird. Frühstück verteilen, Medikamente und Insuline usw. Als wir alle gewaschen hatten, packten wir alles in den großen Gitterwagen und ein mobiler freundlicher und hilfsbereiter Bewohner, der sein Herz für die Waschküchendamen entdeckt hatte, brachte die Wäsche zur Wäscherei. Fünf Minuten später stand er wieder mit dem Gitterwagen bei uns im Haus, mit den nuscheligen Worten: „Wäsche falsch gepackt." Mir wuchs schon langsam eine Krawatte. Ich habe ihn wieder losgeschickt mit der Bitte, dass sie sich nicht so anstellen sollen, ich würde hier heute nur mit Zeitarbeit arbeiten. Also pilgerte er wieder mit dem Wagen los und kam mit vollem Wagen und in Begleitung seiner geliebten Hauswirtschaftsleitung. Er nuschelte wieder: „Wäsche falsch gepackt." Dazu die zarte, wenig freundliche Stimme der Hauswirtschaftsleitung, wieso die Wäsche falsch sortiert wurde, denn wir hätten doch die Fortbildung usw. gehabt. Ich wurde richtig wütend, denn ich müsste jetzt eigentlich ein paar Ärzte anrufen. Ich erklärte ihr meine Situation, nur mit Zeitarbeit im Dienst zu sein. Nein, sie beharrte auf das richtige Einsortieren. Und da bin ich explodiert. Ich holte wutentbrannt alle Säcke mit der Schmutzwäsche vom Wagen und schüttete den gesamten Inhalt direkt vorne beim Eingang auf den Boden und sortierte alles neu ein. Es war ihr sehr unangenehm, mich so wütend zu erleben, und sie versuchte, mich zu beruhigen, was mich noch wütender machte, denn ich wusste, dass sie gleich die Wäschesäcke in der Wäscherei wieder aufmachen würde, um die Wäsche in die Waschmaschine packen zu können. Es war einmal wieder nur ein Demonstrieren von Macht.

Don't drink and drive

In vielen Pflegeeinrichtungen werden vermehrt aktive Alkoholiker aufgenommen. Ja, es können auch Alkoholiker alt werden. Diese sind meistens sehr freundliche Zeitgenossen, denen man gut mit der Kumpelmethode begegnen kann. Es gibt viele von ihnen, die aufgrund ihres Korsakow-Syndroms (Demenzform bei Alkoholikern) vergessen haben, dass sie eigentlich jahrzehntelang Alkoholiker waren. Aber eben auch solche, die noch aktiv am Trinken sind und auch nicht gewillt sind, dieses Problem in den Griff zu bekommen. Es ist auch nicht unser Anspruch, sie trocken zu legen. Das wäre ohne ärztliche Unterstützung lebensgefährlich. Sie pilgern den ganzen Tag umher, erbetteln sich Geld, um sich etwas zu trinken kaufen zu können. Das Taschengeld reicht dafür natürlich nicht aus. Wind und Wetter und gesundheitliche Probleme können sie nicht aufhalten. Bei Schnee und Eis und akutem dramatischen Durchfall sind sie nicht zu bremsen. Nein, sie müssen raus. Da wir kein geschlossener Wohnbereich sind, müssen wir sie gehen lassen. O. K., wir merken uns, was sie anhaben, und informieren, wenn sie bis dann und dann nicht zurück sind, die örtliche Polizei. Und in diesem einem Fall mit der Bemerkung: folgen sie der Spur im Schnee. Einer von ihnen hatte einen E-Rolli. Den Führerschein vor Jahren schon abgeben müssen, aber einen E-Rolli fahren. Haben Sie eine Vorstellung, wie solch ein E-Rolli nach einem Monat aussehen kann? Oder gar der Wohnbereich und vor allem das Zimmer des jeweiligen Bewohners? Also auf dem Wohnbereich wurden sämtliche Ecken abgerundet. Er schredderte sämtliche Ecken und auch seinen E-Rolli überall ab. Überall lag ein wenig fein gerieselter Beton. Auf dem PVC waren Kratzspuren, da eine Fußraste den Geist aufgegeben hatte, schief runterhing und zur Freude vom Chef den PVC ruinierte. Fragen Sie mich nicht, wie oft er losfuhr, ohne vorher den Stecker vom Akku zu trennen. Das Zimmer ist auch so ein Highlight. Stellen Sie sich die Szene aus Ice Age vor, wo sie durch die Eiswand rutschen und nur noch die Abdrücke zu sehen waren. Er kachelte mit seinem E- Rolli volles Programm in seinen eigenen Kleiderschrank. Der Kleiderschrank war völlig hinüber. Die Türen aus den Angeln gehoben und hingen quer am Schrank. Er selbst aufgeschlagene Kniescheiben und am Kopf eine Beule so groß wie ein Tennisball, verbunden mit einem ausgeprägten Brillenhämatom. Na ja, gut wie wir sind, besorgten wir ein Rezept für die Reparatur des E-Rollis. Dieser wurde dann auch abgeholt und ist bis heute auf wundersame Weise nicht wiederaufgetaucht.

Noch mal zum Thema Feuerwehr

Es gibt auch ruhigere Tage auf den Wohnbereichen und seien Sie sich gewiss, das hält nicht lange. Irgendwas passiert immer. Da gibt es doch immer wieder, ein paar spannende Dinge, die gar nicht erst Langeweile aufkommen lassen. Dazu zählen, immer wieder gern genommen, die Alarme und Fehlalarme von den Rauchmeldern.

Haben Sie schon mal dieses Scheppern des Feueralarms gehört? Mir klingeln dann regelmäßig noch eine Stunde später die Ohren.

Ich will mich nicht beklagen, das ist eine superwichtige Sache, zumal viele Bewohner im Bett rauchen oder mal wieder ihren Aschenbecher mit heißer Asche im Papierkorb versenken. Also, es gibt nichts Schlimmeres als ein Feuer im Altenheim. Das Prozedere eines ausgelösten Feueralarms ist folgendes: Auf jeden Fall ist die Meldezentrale der Rauchmelder bei uns im Hause nicht anzufassen, geschweige denn der Ton auszustellen. Die Feuerwehr muss nicht gerufen werden, denn sie werden automatisch durch unsere im Haus bestehende Rauchmeldezentrale informiert. Dann wird sofort – und ich meine sofort, egal was man gerade gemacht hat – geschaut, auf welchem Wohnbereich hat welcher Rauchmelder ausgelöst. Dies wird an der Meldezentrale angezeigt. Man bewaffnet sich mit einem mobilen Feuerlöscher und läuft los, um nachzuschauen, wo es ausgelöst wurde. Wenn man den Übeltäter erwischt hat, und feststellt, dass hier kein Feuer ist, ist man ein netter Mensch, wenn man noch kurz die Feuerwehr, die mit Sicherheit schon unterwegs ist, informiert, dass zwar Feueralarm besteht, aber kein Feuer ist. Der Grund: Sie kommen dann nur mit ein bis zwei Löschfahrzeugen, statt mit 30. Man muss dazu sagen: Diese Männer nehmen ihren Job sehr ernst. Sie gehen davon aus, dass hier wirklich gerade Feuer herrscht, wenn sie mit Springerstiefeln über die Wohnbereiche rennen.

Diese Rauchmelder lösen manchmal auch einfach nur wegen Staub aus. Mitunter verirrt sich auch ein kleiner Käfer oder Spinne in diesen Rauchmelder. Bisweilen geschieht dies dummerweise auch mehrmals täglich, weil das Problem nicht sofort gefunden wird. Ich hatte die Ehre, so einen Tag mitzuerleben. Der Rauchmelder hatte nun zum zweiten Mal ausgelöst und die Feuerwehr wirkte ziemlich angefressen. Als dann nun … hurra, hurra … ein Rauchmelder zum dritten Mal an diesem Tag auslöste. Auf meinem Wohnbereich war die Meldezentrale des gesamten Heimes, und ich sah: Es war wieder dieser bestimmte Rauchmelder, der schon zweimal heute ausgelöst hatte. Also, mein Elan dieses Feuer zu löschen, war relativ niedrig. Dummerweise der meiner Kollegen, die auf diesem betroffenen Wohnbereich arbeiteten, auch.

Normalerweise begibt man sich nach draußen, um die Feuerwehr zu erwarten. Also die Feuerwehr wusste bereits, welcher Rauchmelder wieder mal ausgelöst hatte und sie begaben sich direkt dorthin. Da die Kollegen wussten, dass es kein Feuer gab, haben sie diese Zeit genutzt, sich eine Zigarette anzuzünden. Oh weh, wirklich falscher Fehler! Die Feuerwehr traf nun alle Kollegen völlig entspannt mit Kippe im Hals dort an. Dies bezeugte nun wirklich nicht eine echte Wertschätzung gegenüber der Feuerwehr. Der Chef dieser Truppe kam zu mir auf den Wohnbereich, um die Meldezentrale, die natürlich immer noch schepperte, zurückzustellen. Ich war gerade trotz des enormen Krachs dabei, eine Visite mit einem unserer Hausärzte zu machen, als Tyrannsosaurus-rex-Feuerwehrchef bei mir aufschlug und mich erst einmal ordentlich zur Schnecke machte, für das, was da drüben geschehen war. Ich konnte seinen Missmut wirklich gut verstehen und versuchte, dabei auf ihn einzugehen. Natürlich war es nicht korrekt von den Kollegen. Aber er ließ absolut nicht locker. Während er an der Meldezentrale arbeitete, schnauzte er mich weiter an und verbreitete vor lauter Wut unbekannte kleine Flugobjekte (genannt UFOs) aus seinem Mund. Plötzlich stand der Hausarzt, mit dem ich die Visite eben noch gemacht hatte, neben mir, sein Stethoskop um den Hals gelegt und lächelte diesen Feuerwehrmann an und sagte in beruhigender, aber autoritärer Stimme:

„Ist das Leben nicht zu schön!" Ich bin diesem Arzt auf ewig dankbar. Der Feuerwehrmann ließ dann von mir ab. Yeah, was für ein Tag!

Ein Maurer ohne Kelle

Ich weiß ja nicht, ob Sie mir recht geben, aber um seine Arbeit machen zu können, braucht man auch das richtige Material – und das in ausreichender Menge. Was wäre ein Maurer ohne Kelle oder ein Koch ohne Töpfe? Ein immer wiederkehrendes Problem in der Altenpflege ist das Nicht-Ausreichen der Bettwäsche, keine Waschlappen und gerne und leider viel zu oft das Fehlen des richtigen Inkontinenzmaterials. Oft liegt es am falschen oder gar nicht bestellten Material. Oft auch an Lieferproblemen. Aber wie auch immer: eine Altenpflegerin ohne Inkontinenzmaterial. Dramatisch. Noch zur Erklärung, es gibt unterschiedliches Inkontinenzmaterial, je nach nachdem, welche Inkontinenz vorliegt. Kleine gelbe Vorlagen für Tröpfcheninkontinenz, also wie eine Slipeinlage, blaue Vorlage für normale Inkontinenz. Grüne und Lila für starke Inkontinenz und auch nur für die Nacht, sodass die Bewohner nicht alle naselang in der Nacht behelligt werden müssen. Dieses Inkontinenzmaterial wird unten im Keller aufbewahrt, ist verschlossen und gesichert wie Fort Knox und nur mit Augen- und Handscanner zu öffnen. Als würde es sich um Goldbarren handeln.

Ich komme mal wieder zum Spätdienst. Ich bekomme von meiner Kollegin aus dem Frühdienst eine Übergabe und am Ende dieser Übergabe, verkündete sie, dass wir nicht mehr so viel Inkontinenzmaterial haben. Sie erzählte nicht, wie schlimm es schon war. Ich nahm mir vor, später die Obrigkeit zu informieren und um Material zu bitten. Ich muss hier anmerken, dass diese Kollegin nicht erst seit gestern bei uns war. Ich begann meinen Dienst damit, die Bewohner zum Kaffee aus dem Bett zu holen, ich schlage die erste Bettdecke auf. Die Bewohnerin lag in einer Riesenpfütze. Ich öffnete den Schrank und holte frische Wäsche und suchte nach Inkontinenzmaterial. Ich fand noch eine blaue Vorlage in einem anderen Bewohnerschrank. Also machte ich die Bewohnerin frisch. Dabei fand ich in ihrer Netzhose eine kleine gelbe Slipeinlage, völlig ungeeignet für diese Bewohnerin, zog diese frisch an und setzte sie in den Rollstuhl. Nächste Bewohnerin, genau das Gleiche und ich fing an langsam an, böse zu werden, denn diese war auch nur mit kleiner Gelber versorgt und schwamm im eigenen Urin. Ein Zimmer weiter ein sehr großer, schwerer Mann, ebenfalls völlig nass. Das Sahnehäubchen auf meinem Kuchen heute war dann noch … sie hatte ihn komplett angezogen auf das fertiggemachte Bett gelegt. Unter ihm lag noch die Bettdecke und Wolldecke und Laken … nun raten Sie mal: Ich musste nun nicht nur den Mann von oben bis unten neu ankleiden, nein, auch das gesamte Bett mit neuer Bettdecke frisch beziehen.

Ich rief auf einem anderen Wohnbereich an, ob diese noch ein paar Vorlagen hätte, denn ich musste die Leute ja nun zum Kaffee hochholen und sie mit frischem Inkontinenzmaterial versorgen. Ich hatte Glück und ging rüber und ergatterte noch ein Paket grüne Vorlagen.

(„Mein Schaaatz", würde Gollum sagen). Ich verteilte den Kaffee und im Speisesaal saß ein Bewohner, der mittags nicht schlafen wollte und die Zeit vor dem Fernseher verbrachte. Er war schwerer Diabetiker und unter seinem Rollstuhl war was? Die Mecklenburgische Seenplatte. In seiner Netzhose fand ich drei von diesen kleinen Slipeinlagen. Ich gebe zu, ich hatte Schaum vor dem Mund vor Wut. Etwa zwei Stunden später hatte ich die Katastrophe im Griff. Ich informierte die Obrigkeit und erhielt nach Bitten, Betteln und Kniefall das benötigte Material. Als ich die Kollegin am nächsten Tag wieder antraf und sie darauf ansprach, entgegnete sie mir: „Wieso, ich habe doch drei reingelegt." Ohne Worte!

Über die Hürden, ein Buch zu schreiben

Man stelle sich zwei Altenpfleger vor, die ihre in vielen Jahren gemachten Erfahrungen und Erlebnisse zu Papier bringen möchten.

Zur Erinnerung hier noch einmal die Schlüsselqualifikationen für einen Job in der Altenpflege:

Praktisches Arbeiten, Einfühlsamkeit, Leidensfähigkeit, soziales Engagement usw. Keine Fähigkeiten, die für das Schreiben eines Besuches erforderlich sind.

Es hat daher lange gedauert, bis wir uns überhaupt dazu durchgerungen haben (ich glaube, es waren Jahre).

Dann kamen die ersten Versuche: schreiben, ausdrucken, Korrektur lesen, Kopf schütteln, zerreißen.

Endlich der richtige Ansatz (hoffen wir zumindest).

Dann die Erkenntnis, dass der Drucker den Geist aufgibt – nach einer Woche ohne Einsatz sind regelmäßig alle Farbpatronen eingetrocknet. Also weg damit, das geht zu sehr ins Geld. Als Nächstes stellt sich heraus, dass das Schreibprogramm auf dem PC völlig veraltet ist; da der PC ohnehin schon etliche Jahre auf dem Buckel hat, weg damit!

Neues Equipment bestellt, aufgebaut, angeschlossen: Der Drucker wurde ohne Kabel geliefert. Kabel bestellt. Endlich, funktioniert. Jetzt die handschriftlichen Entwürfe abtippen: Probleme, die eigene Handschrift zu entziffern.

Der Erfinder der Tastatur hat bestimmt einmal meine Handschrift lesen müssen und sich deshalb zu dieser Erfindung genötigt gefühlt. Dann weiter, immer abwechselnd, tausend Ideen, Stichworte notieren, ausformulieren. Zwischendurch: Kopf leer. Weiterschreiben. Zur Arbeit gehen, Hund Gassi führen, einkaufen, abtippen, neu schreiben, Korrektur lesen, zerreißen, neu anfangen. Pizza heiß machen, im Hinterkopf weiterschreiben … puh, jetzt werde ich schon beim Schreiben kurzatmig. Sie können es sich vorstellen.

Leseprobe an diverse Verlage gemailt: Fehlermeldung erhalten. Erste interessierte Antwort im Spam-Ordner entdeckt. Herzklopfen.

Weiterschreiben, den Text fertigstellen.

Textformat anpassen.

Fertig!

Nein, Struktur neu gestalten. Ärgern, weil gestern keine Zeit zum Schreiben war.

Und heute ist es so weit: Der Text geht an den Verlag!

Bewerten
Sie dieses **Buch**
auf unserer
Homepage!

www.novumverlag.com

Die Autoren

Die 1965 im niederländischen Heerlen geborene **Elisabeth Wittern** hatte es als Kind nicht leicht: Ihre Eltern verstarben jung. So hat die heute in zweiter Ehe verheiratete Mutter eines Sohnes ihre Kindheit teilweise in Kinderheimen verbracht. Nach der Hauptschule hat sie ein Examen in der Kinderpflege und in der Altenpflege abgelegt. Bis heute ist sie in der Pflege tätig. In ihrer Freizeit liebt sie es, zu lesen, zu puzzeln, Musik zu genießen oder Filme zu schauen.

Michael Wittern wurde 1967 in Hamburg geboren und hat nach dem Abitur eine Ausbildung zum Sachbearbeiter bei einer Krankenkasse absolviert. Im Zivildienst machte er eine Umschulung auf die Altenpflege. Heute ist er als „Beauftragter für das Qualitätsmanagement" in sozialen Einrichtungen tätig. Der in zweiter Ehe mit Elisabeth Wittern glücklich verheiratete Vater einer Tochter liest in seiner Freizeit gerne, liebt Marvel-Filme und seinen Hund.

novum VERLAG FÜR NEUAUTOREN

Der Verlag

*Wer aufhört
besser zu werden,
hat aufgehört
gut zu sein!*

Basierend auf diesem Motto ist es dem novum Verlag ein Anliegen neue Manuskripte aufzuspüren, zu veröffentlichen und deren Autoren langfristig zu fördern. Mittlerweile gilt der 1997 gegründete und mehrfach prämierte Verlag als Spezialist für Neuautoren in Deutschland, Österreich und der Schweiz.

Für jedes neue Manuskript wird innerhalb weniger Wochen eine kostenfreie, unverbindliche Lektorats-Prüfung erstellt.

Weitere Informationen zum Verlag und
seinen Büchern finden Sie im Internet unter:

www.novumverlag.com